魔時少年

跳舞鯨魚　著

推薦序 花甲少女魔時說

文字創作者 妍音

「我來自何方，像一顆塵土，有誰看出我的脆弱？
我來自何方，我情歸何處，誰在下一刻呼喚我？」（感恩的心）

詞：陳樂融 曲：陳志遠

《魔時少年》讀罷掩卷瞬間，這首歌的旋律自然跳進腦門，我來自何處？何時來到？浩瀚宇宙之下微不足道，一粒塵一粒沙一顆土一道煙，最終又會如何流轉？流轉途中曾經或將會遇見什麼人，看到什麼景，發生什麼事？

時間流水一般，或輕淺或湍急或奔流或激越，打小一路走來，彷彿仍在路途中瀏覽目不暇給的風光，不曾想回眸卻是倏忽已過萬重山。可腳下仍持續踩踏的步履，究竟會迎向怎樣的風景？能否回頭再去尋某一段美麗？或是牢牢安放心間便是了。

隨著《魔時少年》潘克羅的路徑，走了大半座島嶼，這座島嶼的東部，始自蘭陽平原，一路推展往南而去，迷宮森林、深邃洋流、斯米拉望少年少女出現又消失。走在如夢如幻未可知之境，彷彿走在是神話是傳說是歷史的路上，路上會不會也有我的前生？

潘克羅告訴機器人，我們要去未來，未來是很久以前的過去（本書第二十一章）。而過去的世界應當是很美好的（本書第二十九章），我深深相信潘克羅這個想法，過去超過半世紀我的記憶，童年生活再困頓，社會氛圍再壓抑，總體經濟再不活絡；生活仍然充滿希望，社會也朝前轉動進化，小日子裡有小確幸，美好人事物無需巨大。

我的這一世，生長在島嶼西部的盆地，盆地上有河川，河川最後流入黑水溝。多少年總在鐵公路上由著火車汽車競逐，彼時窗外景象跑馬一般快速，我曾巴巴望著那一片閃電飛過的遼闊山林，猜測著大肚王國在哪裡？

臺灣中部曾經由拍瀑拉族、巴則海族、洪雅族、道卡斯族與巴布薩族所建立的跨部落王國，鼎盛時期領域範圍還往南大約推至鹿港，北則可延伸至桃園以南，幾經更迭融合兼併，後來範圍縮至大肚溪上中下游流域。

這些是陳年歷史，是人們早已遺忘殆盡的族群融合，而我也和許多島上住民一樣，只是落籍島上一隅食用島上物產翻讀有限資料，卻不曾深入書冊之後的綿長源流。

曾經的中部跨部落王國各族從何而來？後來又如何了？一無所知。

我哪裡有過見識？生長在西部鄙陋無知，竟以管窺天，以為天地就所知的這麼大。但其實天地無限大，尤其我所在的這座島嶼東部，緊鄰著世界第一大洋，大洋深處有海溝，海嘯湧起，潮來潮去，湧上岩石羅列的海岸，夾帶來什麼消息，或夾帶了什麼人？

潘克羅一路懷想著太祖輩的日記紀錄，第二十四章兩人相遇時，身為太叔公祖的潘德諾真吃驚了。

這是怎麼一回事？

這是怎麼一回事？

你的過去來到我的現在，或是現在的我撞進過去你的世界？

誰說得清。

什麼是先來後到？

先來後到，究竟以哪個時間點為基準？

「時間無時無刻變動著，每一天所遇見的人、看見的風景與遭遇的獵物，都在成為不一樣

的人事物。」（本書第七章）

遠古時代，南島不同族群經過一次又一次的遷徙，經過大洪水逃難，經過海上漂流種種歷險，來到了島嶼東部，經過一次又一次離散聚合，一次又一次或對立仇視或團結合作，語言飲食生活文化便也漸次融合而相似或相同了。無論噶瑪蘭族、撒奇萊雅族、太魯閣族或阿美族、泰雅族各社，想來也和島嶼西部曾經的跨部落王國的族群一樣，在時間之流沖刷之下，存在空間被動的異動後，再分不清誰是誰了。

花甲之後，總感覺時間有咒語，那咒語直令時間轉動更加快速，明明才是春暖花開時候，一眨眼卻已然秋深。我也與烏帕一樣，心有餘而力不足（本書第十六章），可我又沒能像烏帕那樣擁有與天神溝通的法力，能清楚說出：「這裡不只有一個時間。」

或許，真的，過去現在與未來，可融合一處。

所以，夜寐夢裡，先人來訪友人同遊娃娃後輩也談笑風生了。

本書最後，潘克羅隨著他的太叔公祖潘德諾跟著彩虹光束走，想像著自己出生時祖父母懷抱他的情景。他也看見自己長大後發現由樹皮記錄的傳說資料，加以謄寫資料成為傳家之寶，只為能讓後代子孫真正瞭解祖先的故事。

潘克羅美好的記憶裡，有著和祖父划著帆船在太平洋上航行的畫面，他還記得祖父曾經對那時年幼的他說過：「我們在此相遇，總有一天也會在某個世界相逢。」

一顆塵土雖微脆，因有同伴而堅實，一路行來便是獨一無二的生命歷程，即使在光陰洪流裡，已沖刷至末流。

但，我願相信時間有魔力，輪轉再輪轉，花甲婦非少女，也能很少女。

必得感恩哪，因為這時這地那時那處，而長養了不斷流轉的你我他。他是誰或許無關緊要，但都是歷史長河裡的一個點，就因有了這個點，你我方能恰如其分演繹個人生命，在時間裡走著，悠然自得。

自序
關於時間消失的很久很久以後

時間是否曾經停止在什麼樣的地方，是否也曾快速轉動。

將近快十年前，拜訪蘭嶼和綠島，一路由宜蘭、花蓮至臺東，嘩啦啦的海浪聲不知不覺安靜了下來，站在島嶼的高處，聆聽波濤的聲響，廣漠的大海邊緣盡是小心翼翼迂迴曲折在岩岸間，浪一個一個躡手躡腳爬上了岩石，又悄悄落回海面。

那樣的大洋看起來像面鏡子，時間彷彿都慢下。

所有的動靜也都跟著慢下。

沒多久，傍晚的金光退去，先前墨黑下天色的遠方海面，開始閃爍一道道白光，像由雲朵往下竄出的樹根，充滿巨大能量的樹根，以極快的速度鑽動，消失在不遠處島嶼的地平線，卻什麼聲音也沒聽見。明明能清楚看見那不遠處的小嶼，閃電直直落下，無論耳朵怎麼仔細撐開去聽，那白色夾帶著紫色和藍色光束一同落下的閃電，怎麼也沒響起雷聲。

在遠離路燈下的注視者，那一方黑暗和那遠方無聲的閃電，都彷彿一同與遠處烤肉攤店的時空產生了隔斷。

烤肉店裡也該有人聲鼎沸的景象，注視者什麼也沒聽見，無論是雷還是人，時間在注視者的身旁慢下，或者快速轉動，以致於失去了重要細節的傳遞，聲音便是其中之一。

無聲平靜的海面就像是那樣的時空，被快速轉動著，或者過於慢速播放，以致於失去了海浪的變化，海水接觸陸地時所湧起的泡沫，泡沫下那些夾帶著無數微生物、原始生命體和古老有機與無機物體一同落下，再度竄回海裡的那諸多生態細節，都消失了，只剩下那海水與陸地邊緣，彼此戒慎恐懼的維持著一個寂靜的輕微接觸，旋即又爬回自己的地域，維護一個介面的平衡。

就那麼看著平靜卻近似停滯的海，感受著另一面驚濤駭浪卻似限制在一方土地面前的海，也經歷過滔天巨浪段差好幾公尺的海域駐足在海的某處，海慢下與快速流動間，分割起無數時空……也有那愈靠近陸地，海的腳步因受限於沙土或是岩石，而激起浪花的海。在那無數時空、海域與小島間生存的南島語族，以船為腳，大步邁向海洋的中心，彷彿穿越無數時間場域，使航行於其中的人，快速轉動著，或被慢速播放，前進著，也彷彿停滯著。

一次又一次，在無數回返的一生裡，離開原本生活的地方，前往捕魚的地區，去到彼此交易的地域，回返能夠駐足之地。反覆在那曾發生過、持續發生、即將發生的時間軸裡，穿越那些彼此相鄰，因為地形而有所差異的海域，去經歷起不知為何漂泊的命運。彷彿那大洋裡的島是船，從一艘船到另一艘船，由某處海域到達另一處海域，靜止在相同的命運——回返祖先居住過的島，去到另一座島，然後成為子孫所說的祖先地域。

那祖先曾走過的路，都遺留在原鄉傳說，試圖傳達給後裔，關於家究竟是一個什麼樣的地方，家曾經在何處，家對於祖先的情感，以及家的延續……洪水分隔遠古記憶，天梯能夠溝通母親般的神靈，原鄉究竟位於何方，神聖的樹維繫著聚落發展，植物具有神奇的驅邪祈福力量，千萬不能用手指著那天空中奇異的光，無論是日月星辰或是彩虹。傳說直跟著船漂，由一個家到另一個家。

海流在大洋裡，悄悄走過那些傳說成為一個圓，時間在海水裡，也慢慢畫成一個圓，那樣的圓重現再重現，生活裡每一分每一秒的記憶，無論是在何時何方，遇見什麼樣的故事，那感到心痛的片刻、心碎時分、幸福的瞬間、快樂的、悲傷的……終於明瞭的那一刻，都曾經已然在祖父母的床邊故事中被提起，在後來的人生所經驗，以至於在某天突然對某些畫面感到熟悉的那一瞬，安慰著，支持著，嘗試聯繫著，祖先想告訴孩子們的很久很久以前。

二〇二二年夏天

CONTENTS 目次

第一章 星艦日誌

航線沿著星際間的引力前進，潘克羅所處的世界，正在尋找新的行星。艦艇上的星際地圖以不同顏色的光點連綿成無數條交織的線，一一標示出每座星系的引力帶，而載著原居星球移民的艦艇小心翼翼正順著引力帶，猶若樹根運輸水分通往枝葉，那些盤根錯節的引力持續運送移民艦隊，前往人類希望能覓得適合居住的新星系。

潘克羅待在被他暱稱為髒雪球的太空工作站中，隨時監測避開小型天體的碰撞，太空站正一邊繞行一邊跟著艦隊前進。髒雪球猶如慧星，以比艦艇還快的速度反方向繞行在其他太空艦艇旁，髒雪球會一次次靠近那些艦艇，彼此便能交換資料，藉此取得聯繫，其他太空艦艇裡的人類便可以接收與閱讀髒雪球所承載的傳說資訊。

潘克羅是髒雪球太空站的駕駛與管理員，潘克羅口中的髒雪球，好似一座大型圖書站，裡頭以各種細小纖薄材質為載體，為每個傳說故事做多次備份，以確保傳說故事的原型得以安全被儲存在人類文明之中，也藉由每次交換資料時，將資料加以修正，以確保所有傳說資料的備份都跟正本一模一樣，沒有任何錯誤植入，或是遭到刪減與增補，以供後代子孫能正確瞭解到祖先的故事。

潘克羅使用的是目前所在星系的時間，他以相對於原居星球約三億年時光的每一天打開電腦，望著黑色介面下的灰色資訊，資訊被封包，他探查那些封包數據裡的錯誤，以找尋人類是何時在傳說故事原型上，做增補刪減。那些錯誤多半來自對傳說故事感到好奇的人，他們秉持著各自的宗教、神祕學、科學、心理學、語言學、人類學等等理念，對傳說進行不同觀點的重述。

潘克羅得一一修正那些闡述，最麻煩的是入侵性篡改。潘克羅也曾經在意那些傳說故事，就像如今他所抵禦的那些，一再挑戰突破他重圍的學者、專家和研究學生等等。潘克羅最終選擇成為傳說的管理員，他再也無法以自己的概念去儲存他所負責管理的傳說資訊，他僅能依據管理手冊上所記載的規則，全然客觀的整理資訊，並小心謹慎保存著傳說故事，盡可能妥善保管那些傳說原本的模樣。潘克羅的例行工作便是一次又一次的監視，他設計各種程式滲入不同時代的網域，以攔截或挖掘那些有關傳說的資訊，並加以整理，釐清，與標示。

「我可不可以……」一個挑戰過數百次，嘗試修改潘克羅程式的學生傳遞訊息。

潘克羅發現學生的位置，那也代表髒雪球正在接近七艘大型艦隊中，最靠近南端的那艘星船，船上多半是研究人員，然而船上所乘載的乘客，人類僅是少數。該艘船艦所乘載的動物種類是七艘大型艦隊當中最多，也是數量居冠的一艘星船。那樣的船艦很遼闊，同時保存著活體動植物與冷凍動植物，以及所有動植物的基因與種子。

「你該去看看那些動物，我們當中沒有幾個人能親眼見到那些動物的真實模樣。」潘克羅說。

「我只是想瞭解更多的傳說故事。」在艦艇上攻讀動物學的研究生說道。

「很遺憾，我無法幫上忙。」潘克羅回應。

「我閱讀過你所寫的那些書籍，你一定也會贊成我那麼做。」學生說。

「事實上，那樣能自由閱讀與講述傳說的時代早就過去。」

「倘若那樣的時代已經過去，那麼我們為何還要保存那些傳說？」

「恐怕是因為我們無法在有生之年，到達我們即將遷徙的星系。」

「那是要留給後代子孫的，我知道。」學生說完，他切換螢幕，將研究室裡的畫面傳送給潘克羅瞧。「你看看這些，這所有的一切都是為了留給後代子孫。」

「恐怕是的。」潘克羅說。

「我不明白。」學生視訊畫面中，露出些許埋怨跟失落。「我們為何要離開？」

「恐怕是因為我們無法再待在原本的星球。」

「我們那時就應該把那顆星球留給後代子孫。」

「我想，當時的人們已經做了最好的努力。」

「克羅老師，可否再容我請教一個問題？」

「你請說。」

「你的收藏是否能借我一閱？」

「傳說是屬於大眾的。」

「我說的是，你私人的收藏品。」

「並沒有那種東西。」

「我知道你有，起碼你有過。」

「那些是無法被備份的資料。」

「我知道我們帶走的有限。」

「我將原始傳說全公布在管理平臺上，你可以再利用，但絕對不能對原始資料做竄改。」

「我想知道其他故事。」

「我們在這趟航行裡，也正在寫故事。」

「我想念我曾祖父，他說他小時候曾經聽過床邊故事。」

「很抱歉，我得離開了，鳥神星號必須駛離你所在的艦艇。」

「等等，再一個問題。為什麼你的太空站明明是彗星般的存在，卻取名叫做鳥神星號。」

「我想是因為南島語族傳說中的守護者，鳥神。」

「鳥神星是一顆行星，並不是彗星。」

「很遺憾，它在很久以前便早已不是太陽系裡的行星。」

「那麼，再見了，克羅老師。」

「再會，祝你有愉快的一天。」

潘克羅結束通話，髒雪球太空站駛離一艘巨大艦艇。那艘艦艇的外觀就像是巨大圓盤，圓盤轉動，驅使圓盤前進。轉動的圓盤彷彿是一顆行星，艦隊並沒有如星體繞著特定的星系公轉，艦隊的航道正試著進入宇宙核心的軌道，路途中重重困難等待突破。例如：艦隊上的紀年，艦隊上的年是以南島語族採用大事件命名的方式，那是一群曾經生長在原居星球最大海洋的族群，而原居星球所屬的太陽系裡，曾位於古柏帶上的矮行星們也曾使用南島語族的神命名。由太陽系移民而出的艦隊就像是一顆顆的行星，正試圖穿越室女座星系的邊際，一年的時間瞬間變化，一年究竟是幾個原居星球年，每日都得靠電腦即時運算得知。

潘克羅望著電腦螢幕上的星艦日誌，一一標示著艦隊出發後，每一年的大事摘要。啟程年的日誌數量最多，裡頭擠滿各種人員對艦隊工作的看法與改進。那上頭，多數記載著艦艇上的趣事、八卦消息、鄉野傳聞和各種流言蜚語。不乏是充滿希冀的計畫與對未來感到無比信心的言論，啟程年的日誌都將完整傳遞給後代子孫知曉，以明確傳達當年人類是如何適應宇宙航行。

潘克羅是在河外星年出生的，當時艦隊剛脫離銀河系，進入到河外星系，那是一趟十分困難的航行，銀河系裡的暗物質海吞噬起銀河系的行星群，已經有相當長的一段時間。

當艦隊通過仙女座星系時，潘克羅第一次知道何謂傳說故事。潘克羅的祖父以喃喃自語的方式，小心翼翼述說起據說帶有能量的傳說。

「那會將我們全都拉回去。」潘克羅的祖父說起。

「回到哪裡去呢？」小潘克羅問。

「一個古老的地域。」潘克羅的祖父望著舷窗外的星空，仍覺得那些像雲一般的光暈並不真實。

小潘克羅爬上祖父的懷抱，輕撫過祖父腿上的一本日記，問道：「那裡就是傳說源起的地方嗎？」

「孩子，這就是傳說起源之處。」潘克羅的祖父指著老舊日記本答道。

「這就是原居星球？」小潘克羅又問。

「這是在原居星球上所寫的日記。」潘克羅的祖父回答。

離開仙女座星系時，小潘克羅已經能識得日記本上的些許文字。

等到本星星系年到來，潘克羅已經能自己閱讀並查閱日記本上的古老文字。

潘克羅就學期間，艦隊試圖穿越不規則的室女座超星系團，緩緩朝著一螺旋狀星系前進。

潘克羅決定擔任傳說管理員時，艦隊仍舊迷航在室女座超星系團中，遁入黑暗塵帶。那時，艦隊上的人類開始被禁止移動出入其他艦艇，而艦艇上的科技卻是越來越突飛猛進，暗物質提供前所未有的能量與奇異通道，使得人類的宇宙航行正在加速，卻怎麼也擺脫不了黑暗。

潘克羅偶爾會夢到所有艦隊終於降落的那天，在新的星球，建立巨型傳說資料工作站，那時傳說得以被解封，一切又會回到他祖父童年時那般，傳說是屬於每個口述者的……半夢半醒間，潘克羅隨時掌握星體碰撞的路徑，以驅使髒雪球太空站逃過可能的撞擊。當潘克羅休息時，電腦便是潘克羅默契絕佳的夥伴，監測、自動駕駛、估算與計算等等。潘克羅每天結束完所有工作時，他最喜歡望著舷窗外，對準最亮的宇宙紅移七號星系方位，那裡是傳說的最初起源，是所有星球與生命的誕生地點。

他輕聲對著遙遠的最初宇宙，說聲：「晚安，再會。」

第二章 傳說寶櫃

「孩子，你必須要再多睡一會兒。」

潘克羅醒來時，太空站內一片寧靜。叫醒潘克羅的，並不是鬧鐘，也不是電腦異常訊號。潘克羅打開通訊器，他那依然中年的父母正在通訊畫面裡，對他傳送了一則延誤時間的訊息。

那表示潘克羅正準備靠近七艘艦艇中，唯一橢圓型的艦艇。潘克羅看看訊息傳送的時間，大概是室女座超星系團的時間半年前。潘克羅的父母親在規定黑夜的時間裡，睡不著覺，附近的恆星溫度太冷，他們已經一年多沒見過溫暖的真實白天景象，黑夜使潘克羅的父母感到些許不安。潘克羅則不喜歡亮晃晃的白日，他出生的時候，銀河系邊際的星團讓他覺得刺眼。潘克羅喜愛舷窗外的黑暗，就跟大部分在河外星系出生的孩子一樣，他們習慣宇宙的墨黑。潘克羅的父母和其他相仿年紀的人則還是會使用白日夜晚切換的螢幕，好提醒自己該休息的時間到來。

潘克羅望著好不容易才收到的訊息，他有些無法直視似乎跟自己差不多年紀的父母親。潘克羅不知道父母親在原居星球上的年紀，艦隊上的人老化速度很慢，成長的速度也很緩慢。他祖父在過世之前，以艦艇沿用原居星球的紀年而言，祖父算是活過上千歲，就跟祖父所羨慕的仙人傳說故事一樣。

「很久以前，人類也似天神，擁有很長的壽命，只需要吃少少的食物。」潘克羅的祖父曾講述一則關於仙人的傳說。

「那樣的人類就叫做仙人。」潘克羅的祖父摩挲著小潘克羅的頭，「孩子，你知道嗎？我應該也可以被叫做仙人了。」

潘克羅只記得自己的祖父當時笑得有多麼歡喜，那是他印象中祖父對於移民河外星系之後，唯一一件覺得開心的事。

潘克羅試圖清清喉嚨，長時間工作使成年後的他，看起來比父母親還要憔悴蒼老。他又稍微整理一下服裝儀容，他來回踱步思考，他反反覆覆坐下又起立，終於打開視訊鏡頭，他揮揮手，說道：「爸，媽，你們還好嗎？這六年多來，宇宙的天氣很好，我們並沒有遇到太多的障礙。恆星依舊閃爍美麗，植物仍然在艦艇裡製造新鮮空氣。我在這裡很好，我想你們，但我很榮幸能擔下這份工作。別忘了，我愛你們。」

潘克羅對鏡頭笑一下，然後揮動起雙手。他將訊息傳遞出去，他知道再過不久，他的父母親就能接到訊息。

潘克羅起身，他決定換件衣裳。走出更衣室，他在控制臺設定了某些特殊機制後，他直站在鏡子前，他梳起很久沒洗的頭髮，他刮起滿臉鬍子，他覺得自己跟少年時，長得有些許不一樣，他開始相信那些質疑星系會改變人類基因演化言論的可靠性，他端詳起鏡子裡的自己，潘克羅覺得幾乎快不認得自己那拉長的臉龐和凹陷的雙頰。

通訊螢幕的訊號燈亮起，伴隨通知聲音作響。潘克羅趕緊坐回視訊鏡頭前，他深呼吸後，按下螢幕開關。

「嗨，孩子睡醒了嗎？」潘克羅的父親對他揮揮手。

他也朝鏡頭揮揮手，「嗨，爸，媽，是我。」

「你媽媽每天都盼著，她算好時間，她知道你的鳥神星號就快要靠近我們身邊。」潘克羅的爸爸說完，向著鏡頭外揮揮手。「親愛的，是我們的孩子，妳趕快過來。」

「嗨，媽。」潘克羅趕緊對著麥克風大喊。

潘克羅的媽媽緩緩走進視訊鏡頭裡，「嗨，兒子，你好嗎？」

「我很好，剛刮了鬍子。」潘克羅有些不好意思，他摸了摸那剛刮除鬍子後，還很刺痛的下巴。

「有吵到你睡覺嗎？」潘克羅的媽媽問。

「媽，我們不需要睡眠，只需要吃藥。」潘克羅答。

「我們必需要睡覺，我們得活著踏上新的星球。」潘克羅的媽媽說。

「吃藥能延緩我們老化。」潘克羅說。

「我覺得自己已經老得不能再老，莫名得像個女巫。你知道女巫的故事嗎？」潘克羅的母親舉起自己的雙手，「這裡應該要有更多的皺紋，但是女巫能用魔法，把自己變成年輕時的模樣。」

潘克羅的母親又望向自己的丈夫，說道：「我們應該已經很老，可是我們依然在這裡。親愛的，我好擔心，我們會像父親收藏的那些骨董女巫電影一般，最後只剩下蠟像般的軀殼，我們需要油漆才能補妝。」

潘克羅笑了，「媽，我們在這太空中，只是經歷了一段很短的時光。」

「相對於原居星球而言，就是你祖父的家鄉，在那裡，我們都是上萬歲或者是上億歲的老人家。」

「媽，我保證妳年老之後，一定還會是最美的婦人。」

「孩子，無論我們最終能不能到達新星系，我只想知道，這一生到目前為止，你快樂嗎？」

「我很榮幸能保管對人類而言，相當重要的傳說。」

「孩子，我會希望你也能有個朋友，有個伴侶。」

「媽，妳可以想成我是鳥神星號的管家。」

「那你何時能退休？你得離開鳥神星號，你才有機會認識朋友，你才有結識伴侶的可能性。」

潘克羅聽到電腦傳來其他示警的聲音，他趕緊跟他的父母親道別：「爸，媽，保重身體，下次見，我會好好的，我在傳說的世界裡，我一直都很快樂。」

處理完網域裡的麻煩事，潘克羅在狹小的桌子前用餐。鳥神星號上有植物園、果園、菜園、玉米田、稻田和小麥田，機器人負責收割與維持植物的健康管理，機器人也同時負責潘克羅的飲食起居。潘克羅吃下少少的蔬菜水果，他還咬下一口麵包，那是機器人加壓加熱所製造出來的小圓麵包，他沒吃幾口，便覺得肚子很撐。他還是拿出一塊冰塊，然後一口一口吞下一小角的冰，那冷熱的感覺常使得潘克羅困惑。他從未感受到置身寒冷與炎熱的溫覺，他只能由傳說故事裡得知，原居星球天氣的美妙與殘酷。

移民艦隊的旅程是艱辛的，人類正試圖努力保存下原屬於原居星球的一切，卻很可能什麼都享用不到，他們還是堅持著，相信著，繼續往期望中的星球前進。

那也是潘克羅動力的來源，一切都是為了後代子孫。

所有人皆是如此努力著，畢竟在這場可能最後什麼意義都沒有的太空航行裡，若是沒有經過嘗試，以後的人類可是連出生的機會都沒有。

潘克羅除了對生命曾經有過茫然，也對於時間充滿過困惑。潘克羅越是成長越是知道，那不過就是一種束縛，人類需要規律，好穩定住生活。同時也瞭解到，所有的時間規定，也都是為了能讓後代子孫理解在什麼時候，的確發生過什麼樣的事情。然而，時間究竟是否對原居星球裡的人類具有過其他重大意義呢？潘克羅經常想起祖父，那個總是把時間掛在嘴邊的老人家。起初艦艇裡的人類們還是很依賴原居星球上的時間，久了，他們也記不清，穿越每個星系所需要的時間。潘克羅的祖父是在少年時搭上移民艦隊的星船，潘克羅的祖父在星船上是重要的維修工，潘克羅的祖父與機器人是默契絕佳的工作夥伴，潘克羅的祖母則是醫生。艦隊離開太陽系許多年後，潘克羅的父親誕生，從那時起，時間對艦隊上的人類是混亂的。

向來重視時間的潘克羅祖父經常對潘克羅提及，有關於原居星球的故事。

「阿羅，花開花落就是一年過去……」

「阿羅，月亮在傍晚現出光芒，代表的是一天開始……」

「阿羅，這是我們家最重要的東西。」

在潘克羅祖父滔滔不絕之中，祖父牽著阿羅，緩緩走至房間深處的古老鐵刀木色櫃子。

「阿羅，這是我當時堅持搬上船的唯一一件行李。」

潘克羅曾經在年少時，企圖搬動過那櫃子，鐵刀木色櫃子相當沉重，用的是什麼木頭，潘克羅卻從未問過祖父。木頭那東西很珍貴，星船上有的是合金與為了空氣循環依然活著的樹木。那櫃子卻可能是艦隊中，唯一一個用死去樹木所做成的物品，本身就像寶藏一樣珍貴。

潘克羅的祖父卻說：「那不過是個容器，重要的是裡頭的東西。」

對潘克羅而言，那櫃子並不平凡，那可是一個十分突兀在艦艇上艙室的寶箱，裡頭更是有寶藏。

潘克羅因此喜愛翻動那櫥櫃裡，裡頭還曾裝有古老黑白褪色相片。相片裡的人，潘克羅從沒見過。潘克羅的祖父對潘克羅提過：那些是潘家的祖先，是古老歐洲人留下的照片。

潘克羅持續翻動，櫃子裡有畫像、掐絲琺瑯手鐲、古錢幣、瑪瑙項鍊、玉飾和貝殼等等，潘克羅拉開一個個抽屜，漸漸啟動那櫥櫃的機關。

潘克羅祖父的確設置了機關在櫥櫃裡，他曾告訴潘克羅說：「你可以把你最寶貴的東西藏在這裡。」

潘克羅的祖父並沒有直接說明櫥櫃裡的寶藏是什麼。

「孩子，你得清楚知道，這東西是種引誘，我越不告訴你其中奧祕，你越是想知曉。」

潘克羅的祖父逐漸病得很重，他幾乎沒有辦法清醒，好向潘克羅述說起，有關於櫃子裡頭的真正祕密。

「你得把它擺在最明顯的地方。」

潘克羅的祖父有一句沒一句說著。

「讓人一眼就看見它的存在，然後你把最重要的東西放在裡頭。瞧，那是個多麼沒用老舊的木頭櫃子，不過是個擺設。」

祖父離開人世之後，潘克羅時常掛念著木頭櫃子。

祖母於是把祖父的木頭櫃子送給了潘克羅，也就是從那時起，潘克羅決心擔任一名傳說管理者。

「那就像是爬上天神世界的梯子，踏錯一步，你就會摔得粉身碎骨。」

潘克羅依照兒時經常跟祖父一同唱起的童謠，開開關關起那些櫥櫃抽屜，果真打開了祕密隔間，那是祖父偶爾會拿出來翻閱的祖先日記，撰寫日記者是一名叫做潘德諾的祖先，那是一本本古老年代久遠的日記，是極為珍貴的古老寶藏。

潘克羅漸漸長大，也就知曉潘德諾留下的日記，並不只是日記，更是原居星球的傳說蒐集簿，是祖先實地走訪所記錄下的真實故事。

那樣的冊子的確是危險的，長大後的潘克羅只能在腦海裡回想潘德諾日記裡的傳說紀錄。那樣的紀錄不能見天日，好似傳說本來就是在說一些隱晦不能明言的過去事件。

「潘德諾是我的叔公祖。」潘克羅的祖父提過幾次。

「那時，他去出差。」祖父斷斷續續說起。

「我依稀記得，他當時搭的是列車，突如其來的變故，使他去了很難以言明的地方。」

「他只好寫下來，我也不知道他怎麼返家的。」

「當時的人以為他是被列車拋出，以致於失蹤超過原居星球上的半年時間。」

「米圖巫師去找了他許多次，據說是花了好幾個月的原居星球時間才找到人。」

小潘克羅望著當時的祖父神情哀傷走向舷窗，祖父直指著外頭繁星點點，祖父似乎在當下想念起了原居星球。

有多少個日子，祖父握著祖先的日記就站在舷窗邊，他望著越來越遠的太陽系，他想起溫暖陽光下的早晨，他記憶著潘德諾出差的那天，也是風和日麗的一天。當時，潘德諾搭上列車後，沒多久海面上開始飄來雨雲，雨就從不遠處的島嶼往狹長的海岸平原飄來，那些雨雲讓天空驟然灰黑，潘德諾卻絲毫也不擔心。

「只要過了溪北，天氣便會再度晴朗。」坐在列車上的潘德諾說。

潘德諾望過月臺邊的海之後，不時翻看起手提袋中的筆記型電腦，掙扎中，又將電腦放回袋內。

那時，一個老先生左顧右盼，緩緩就走到潘德諾身邊，老先生一屁股重重坐下，不禁嚇壞自己，也嚇到穿著一身整齊西裝的潘德諾。

「您沒事吧？」潘德諾問。

老先生發出喔喔幾聲，轉頭，對潘德諾笑了一笑。

潘德諾也莞爾一笑，他撇過臉，又注視起窗外一片灰色。

「那裡有一艘船，你看見了嗎？」老先生清清喉嚨後說起。

「船？」潘德諾一臉狐疑。

「那裡始終都有船。」老先生說完，緩緩將頭靠在椅背上。

潘德諾張望許久，沒有作聲。

「那些船是為了靠岸而來。」老先生說。

「船始終是要靠岸的。」潘德諾回應。

「不一定要是這裡。」老先生一笑。

潘德諾又看向窗外。

「但卻又一定得是這裡。」老先生緩緩伸出手，用食指頭指著窗外，「船都是從那裡出去。」

「我知道，去捕魚。」潘德諾回應。

「是去做買賣，還可以去看看這個世界。」老先生說。

潘德諾因此轉頭，以好奇的目光注視起眼前這位帶有神祕氣息的老人家。

老人家一連咳了好幾聲。

潘德諾頓時感到困惑，老人家似乎有兩種聲音，說話的聲音悶悶的似有若無，怎麼咳嗽的聲音卻是鏗鏘有力，十分宏亮。

老人家轉眼便閉目休息，潘德諾有些失望，他轉過頭又面向窗外時，彷彿又聽見老人家如微風般低語著。

「有很多人都從那海面上，緩緩靠岸。」

潘克羅的祖父把日記本放回木頭櫃子，他轉身對潘克羅說：「這是祕密，是我叔公祖跟我之間的祕密，現在是我跟你之間的祕密。」

當時的小潘克羅伸出右手尾指，對著祖父說：「打勾勾。」

祖父一笑，小潘克羅開始蹦蹦跳跳。

祖父忍不住嘆了口氣，喃喃說著：「多麼美好的青春。」

潘克羅時常回想起，有關於潘德諾的故事。

當時，一直有人問我說：「你叫什麼名字？」

潘德諾的日記本寫下了那麼一段話，令潘克羅印象深刻。

那是沒有名字的地方。

潘德諾的樹皮布日記裡提到，他在叩隆叩隆火車聲響中睡去，等他再度清醒，他人已經躺在草地上。

那並不是我所生長的那個世界。

年少時的潘克羅便是因為那句話，一頭栽進傳說的世界，他也曾經像那名研究動物學的學生，不斷挑戰著傳說管理員。

「你所做的一切對其他人一點用處都沒有。」當時的傳說管理員對潘克羅說起。

潘克羅腦海裡颳著狂暴又混亂的旋風，「也許是吧。」

當時的傳說管理員問道：「你是否想過該去工作？」

「我還是個學生。」潘克羅答。

「我是說，你該為你的將來打算。」

「我們的將來還在遙遠的未知星系。」

「孩子，你該有更重要的事情得去做。」

「我現在做的事情也很重要。」

「你什麼都不懂。」

「你也曾經是個孩子。」

「我想，你該懂得的，是去守護，而不是挖掘。」

當時的傳說管理員說完，潘克羅倒是靜默了，他想起祖父口中所說的家族祕密，他想起潘德諾的日記，他因此做出重大決定。

第三章
過去與現在

潘克羅認清靠近傳說最好的方法，便是待在鳥神星號。他待在髒雪球般的鳥神星號裡不時翻看著，可能跟潘德諾日記有關的線索。他不斷找尋跟潘德諾雷同的故事，卻全都異於潘德諾的結局。

潘德諾並沒有如浦島太郎般變老，也沒有一轉眼變百年的時空差異。米圖祭司依舊認得潘德諾。

潘德諾多次進出那奇異的世界，彷彿那是與現實世界平行的時空。

潘克羅的祖父不只一次強調，潘德諾的奇遇是多麼的與眾不同。

潘德諾後來時常進出另一個世界，村裡的米圖祭司似乎有所發現，米圖祭司告誡過潘德諾，潘德諾究竟後來遭遇了什麼樣的經歷。

「他生病了。」潘克羅的祖父說過。

「他應該是自然離開的，人老了，總有一天會離開。」祖父也曾經說過那樣的版本。

「他沒有回來了，以後的人也就不記得他了。」祖父還說過。

「只剩下日記……」祖父最後的時光，只記得那些古老的日記。

潘德諾所到達的那個世界？潘克羅來回在心裡想了又想。

「世界？眼前這一切就是我所生長的世界？」

待在鳥神星號剛用過早餐的潘克羅時常壓抑著困惑，在除了他以外空無一人的太空工作站中，所謂的世界是指窗外的艦隊、星球、星系、旅途中冰封的黑暗，還是同時墨黑又光亮擁有極大重力裡的未知。

和往常一樣，從餐桌起身後，潘克羅走向巨大的操作螢幕，在確定航程上短期並無障礙後，他若無其事繼續監控著資訊，實則早已瞬間便消失在操作螢幕前。潘克羅啟動遮蔽系統，分身的他仍坐在電腦前，真正的他快速步出操控區，他走向大廳裡那只古老的木頭櫃子，那是潘克羅祖父的櫃子，潘德諾的日記依舊安躺在櫃內。

蜻蜓的眼睛猶若奇異的寶石停在我的鼻子上……潘克羅閱讀著潘德諾的日記，正想像當時情景。

那裡僅有草叢……無論我回想幾次，在那個地方就只有風吹動草的聲音和我的呼吸。我以為，我打從一開始就只是個坐在草叢堆裡的孩子。在落日紅霞下，應該會有母親在遠方打算喊我回家。

在那一刻，我真的幾乎就要以為，我不過就是個少年。蜻蜓靜靜歇息在我鼻子上，蜻蜓翅膀上的脈紋，彷彿印象裡珍貴瓷器上的掐絲，那薄而透明的物體使我回想起，總經理辦公室裡有一座收藏櫃，櫃子裡的奇珍異寶總不禁吸引住眾人的目光，尤其是櫃子裡的那只瓷杯有著透明發亮的杯身，常使我看得出神，那薄透閃亮的模樣，直像是我眼前那隻蜻蜓的翅膀。

那著實讓我嚇了好大一跳，我成年後的回憶如排山倒海而來，可我的身體，我瞬間跳起，蜻蜓跟著飛起，四周仍然只有草叢，不遠處，原來還有一座森林，林子裡有鳥不知為何也跟著嘎嘎驚起。

潘克羅看著日記裡的火車時刻表，他知道潘德諾是在清晨搭上第一班火車，天氣顯得有些壞，潘德諾卻絲毫也不感到擔心，潘德諾認為那是常態，潘德諾只關心身旁的老人，潘德諾望著宛若天剛破曉般，還有些烏黑冷冷的天色，他以為只要過了溪北，天氣便會好轉。

我感到我在墜落，在草叢堆裡醒來之前，我的身體一直在某個時空中，感受到墜落。

是翻車意外。潘克羅想起祖父說過的話。

「那可真是一場突如其來的災難。」

潘克羅祖父將眼神飄了出去，儘管他當時不站在舷窗附近，潘克羅卻著實感到祖父的確突破時空的限制，穿梭出另一個世界。

「潘德諾沒有記載下火車出軌的原因，畢竟他在醫院恢復神智的時間，已經是好幾個月後的事。」

潘克羅的祖父每每都壓低聲音，說著：「那或許是命運，無論那班列車是否遭逢意外，潘德諾他終究還是會回到那樣的地方去。」

「那裡是哪裡？」小潘克羅曾問過祖父。

「那裡是以前的世界啊。」祖父回答。

「潘德諾為什麼會回到以前的世界呢？」

「那是因為總有一天，我們都得回到那樣的地方。」

潘克羅的祖父愈說愈歡喜，他喃喃繼續說道：「我得快點到新的世界，才能回到以前的那個世界。」

那都是多久之前的事，時間對艦隊上的人而言，愈來愈沒有存在的必要性。艦隊的人日復一日在各自的艦艇上工作，對於尋找新居住星球與離開原居住星球的記憶，都變成了孩子睡前唯一的床邊故事。

「只剩下孩子依然相信著。」潘克羅喃喃著，他又想起祖父臨終前的鬱鬱寡歡。

那樣的祖父曾嘆氣問道：「新的世界會跟以前的世界一樣嗎？」

潘克羅當時曾緊緊握住祖父的手，他以極大的熱情用力說著：「無論如何，我一定會想辦法告訴您，新的世界究竟是什麼模樣，別怕，祖父，我們總有一天都會在古老的世界再次見面，您不是一直這麼相信著……」

潘克羅日日壓抑著，隨著時間過去，他不禁為那樣的想法，感到愈來愈陌生遙遠。

黑暗塵帶有許多未知的奇異粒子，那些古怪的障礙物，著著實實困住了所有艦隊的行動。航程裡的變數層出不窮，電腦無時無刻處理著龐大的運算資料，艦隊裡的工程師、天文學家、物理學家、科學家和數學家等等無一不時時面對著新的挑戰。那些日復一日的訊息，也早已讓潘克羅失去到達新行星的信心。

潘克羅有些擔心，自己終其一生都無法擺脫漂流的命運。艦隊在黑暗塵帶裡迷失了，扭曲時空中的沉重壓力使艦隊無法正確運算航行位置與方向。有人認為艦隊正往捷徑上走去，目標也許是另一個宇宙。隨著艦隊受困在黑暗塵帶的時間愈久，艦隊上大部分的人也就愈發感到無力擺脫黑暗塵帶裡未知宇宙能量的無奈。當艦隊依靠著暗物質加快腳步時，又彷彿是在另一個時空拖慢計畫的速度。那是繼上次艦隊遇見冰封星帶之後，又進入另一種也若冰封般的狀態，艦隊彷彿停滯在又暗又亮的古怪世界。暗物質裡的輻射總不時閃過讓人困惑的畫面，彷彿那些光束，都曾經是一個個世界。

深怕被一口吞噬，艦隊小心翼翼躲避那些光束的撞擊。那些光束曾經是碩大星體，卻失去引力，那些光束像是古老傳說裡的靈魂，喪失了物質卻仍擁有極高的熱能與光能，以及更多未知的能量結構，艦隊指揮官只希望全員艦艇一輩子也不要碰上那些輻射。

潘克羅幾經思量，他認為潘德諾應該也是遇上了類似滿布暗物質與極熱輻射般的某種能量，就像艦隊此刻的遭遇，可潘德諾又是怎麼進出的，又為什麼會在原居住星球遇上這樣的宇宙時空。

潘克羅百思不得其解，他一再翻閱翻閱潘德諾的日記，無非就是想找到當年真相。

電腦產生緊急情況的警示聲。

潘克羅立刻收好潘德諾的日記，切斷遮蔽，他在電腦前發現夸歐爾號的蹤影，那是一艘不受艦隊總指揮官命令的自由艦艇，他們多次尋求鳥神號開放傳說資訊下載，卻遭到潘克羅的拒絕。

夸歐爾號有時盤旋在艦隊之中，有時加速追擊著其他艦艇，他們要求過食物補給，也要求過增加動植物種類，他們近年還揚言要自己去找尋新的可居住星體，幾番波折後夸歐爾號依舊繞在艦隊旁，像一顆脫逃的衛星又返回。

「潘克羅，潘克羅。」夸歐爾號的船長呼叫鳥神星號。

「你好。」潘克羅冷冷回應。

「這幾年，我們大約只碰過兩次面。」夸歐爾號的船長說著。

「很抱歉，目前的情況並不適合我們寒暄。」

潘克羅發現螢幕上有些小型星體接近中。

「拜託，那只是幾顆冰塊。」

夸歐爾號船長深邃的眼眶緊盯螢幕瞧著潘克羅，絲毫都不在意艦艇可能受到撞擊而損害。

「請務必聽我說，」夸歐爾號船長說道：「這幾年，夸歐爾號的處境並不好。」

「你們可以尋求母艦支援。」

「不，那地方會讓人窒息。」

「鳥神星號的資源只允許一個人生活。」

「不是那樣的，或許，你可以告訴我們回去的方法。」

「回去？」潘克羅暗自吃了好大一驚，那簡直是不可思議的理論，艦隊無論如何也從未動過想要回到原居住星球的念頭。

潘克羅直愣愣看著電腦螢幕。

「回去。當然回去。」夸歐爾號船長說：「艦上的人都累了，在這忽明忽暗的宇宙中，我們看來只能永遠受困在這通道之中。」

潘克羅不作聲。

「你一定知道能夠快速回返原居住星球的方法吧。」

船長滿心期盼著會有好消息傳來。

「我，請恕我無能為力。」潘克羅遲疑後，斷然拒絕。

「這是趟糟糕的旅行……」船長不免大肆抱怨了一番。

「但我知道，你跟他們不一樣。」船長語氣一轉，「我以為我們很快就能到達，可我爸錯了，那些在母艦上的人們也錯了，這只是一場鬧劇，我們需要有人帶我們回家。」

潘克羅儘量壓抑著，如同過去在鳥神星號的每一天，他翻閱著那些龐大的原始傳說資料，他感到害怕，他試圖維持靜默，他確定自己已然平靜後，他無奈一笑。

「很遺憾，我什麼也幫不上忙。」

「你鐵定知道事情的源頭。」船長大吼。

「那只是資料。」潘克羅回應。

「只要有路線。」船長說。

「你離開黑暗塵帶，你便會喪失回返的動力。」潘克羅警告。

「那麼你或許知道，還有其他方法。」船長篤定說著。

「我們已經走得太遠。」

「那些該死的騙局……」船長碎語後，又對潘克羅說：「你得幫幫大家，你知道的，那時候大家走得有多麼匆忙，很多人根本沒想明白，為什麼要離開。」

「發生了無可挽回的事。」

「現在也正在面臨那樣的局面，你得想想法子。」

「我只是個圖書館管理員。」

「我們或許該回去了，傳說應該有提到同樣的遭遇。」夸歐爾船長深邃的眼眶外，垂老的眼皮仍不死心撐開，看起來像是瞪著潘克羅般，「我記得有個什麼故事，一群人在海上漂流，他們經歷了開疆拓土般的戰爭，最後什麼也沒圖到，他們返航，他們遇到女神還有妖怪，他們最終還是回家，故事的結局往往就是回家。」

「你可以去說服母艦上的指揮官。」潘克羅有些動搖了。

「那些把我們騙出來的人，根本就不知道該如何把我們弄回去。」船長激動貼上了螢幕，巨大的眼睛像極了傳說中的惡龍怒視著潘克羅。

潘克羅嚇著，「不，這太冒險了。」

「我就知道，你一定有辦法。」

「那裡可能已經什麼都沒有。」

「什麼意思？」

「或許那個星系已經全然毀滅。」潘克羅顫抖回應。

「不可能，事情根本沒那麼糟。」

夸歐爾號瞬間逼近鳥神星號。

鳥神星號上的警鈴大作。

「聽我說，這裡沒有那樣的東西，如果星系沒有毀滅，我們為什麼要大老遠來到這種鬼地方。」潘克羅對著通訊系統大喊。

夸歐爾號似乎是吃了秤砣鐵了心，艦艇使盡力氣朝鳥神星號猛烈撞擊。

夸歐爾號就像海盜船，他們丟出船勾爪，他們設法想奪走鳥神星號。

潘克羅對突如其來的攻擊感到驚愕，但也沒有時間猶豫，他加足力道，使鳥神星號衝出原本軌道，試圖想甩掉夸歐爾號。

夸歐爾號不斷射出船勾爪，在幾番追擊中，好不容易才勾到鳥神星號。

鳥神星號再次以加速，拐彎，想擺脫夸歐爾號的控制。

船勾爪依舊牢牢鎖著鳥神星號，潘克羅發現了，他沒多想，他再次發動逃離計畫，他將鳥神星號轉向直往宇宙冰塊和碎星體的障礙路途上。

鳥神星號在一堆冰塊星核和小星體間打轉，夸歐爾號被困在一堆星體間，夸歐爾號被許多星體撞擊，鳥神星號因為船勾爪的原因也陸續被宇宙冰塊撞擊。

潘克羅打開通訊系統，對著螢幕大喊：「鬆開船勾爪，你會害我們都死在這裡。」

夸歐爾號船長兩隻眼睛通紅，他喪失理智般，冷笑後按下夸歐爾號最後的動力能源，夸歐爾號忽然間彈出星體間，連帶拉出了鳥神星號。忽然間，潘克羅眼前一片黑暗。

第四章 無影世界

我感到我在墜落，在草叢堆裡醒來之前，我的身體一直在某個時空中，感受到墜落。

潘克羅恢復呼吸之後，他嘗試睜開雙眼，他的眼睛半開半掩著，被眼前的明亮嚇壞了，他趕緊閉上雙眼，好不容易才鼓起勇氣，重新睜開一絲絲的眼縫，直到他適應了一次又一次，他緩緩撐開眼皮，他試著移動身軀，他的手卻不知怎麼變得相當沉重，他的身子也無法自由行動，就像是整個人被大石頭壓住一般。潘克羅沒辦法起身，他再度吃力睜開雙眼，眼前置身在一大片的草叢，草叢之上有雲，雲在動，大片黑色的影子輕輕飄過潘克羅的身軀，潘克羅不禁冷汗直流。在觀察過好幾次那灰灰黑黑的東西真的是影子之後，潘克羅更加感到詫異，那些影子是來自星體上真實的雲，並不是艦艇上任何刻意利用水循環所製造出來的雲。那些雲還因為星體外有真實的恆星，才能投影出如此大範圍的影子。

潘克羅忍不住想伸手去觸碰那灰灰黑黑的東西，即使他當然知道他什麼都摸不著，他還是想試試看。潘克羅的手仍感到十分沉重，他不死心試了一次又一次，好不容易他控制住自己的雙手，他試著坐起，他忽然感到肺部一陣疼痛，他嘗試調節起身體的肌肉，他回想艦艇上模擬各種引力的那些運動器材，他很快找到對應的方式去挪動此刻他在草叢堆中的自己，他的肌肉必須比在艦艇上多使出許多力氣，他於是摸了摸自己褲子裡的口袋，他赫然發現自己的衣物突然變得非常寬大，他不管那麼多了，趕緊吞下口袋裡的藥，他重新調節起呼吸，好不容易才讓身體適應此時所在地域的引力，他確定適應重力問題後，慢慢才把自己的衣物捲起，好方便身體活動。

泥土的氣味。

潘克羅用力吸足一大口氣，然後他連聲咳嗽起來。

他緩緩站立，他吃力的環顧四周，他定睛在前所未見的草叢景致裡，他漸漸感到開心的感覺，他沒多久就像個孩子般又叫又跳。轉眼，他行動自如的趴下，他看見泥土裡有許多螞蟻正在搬運食物，止不了好奇心，他伸手摸了一下螞蟻，瞬間便聞到蟻酸刺鼻的氣味，他趕緊站起，發現四周都是比人還高的草叢。他撥開草叢，感受野草刺刺的邊緣正割過他的手指，他慘叫，他已經很久都沒有受傷過，他訝異著手指上傳入腦袋裡的一陣陣痛楚，沒多久之後，他卻又驚又喜，看見眼前不遠處，果真有一座森林存在。

「沒有鳥叫聲……」潘克羅喃喃說起。

他發現草叢裡，有些休息的蜻蜓。

潘克羅不作聲，仔細觀察，潘德諾所描述的蜻蜓，那四片翅膀果真薄透發亮就像圖庫裡名貴的玉質掐絲瓷杯。

他不禁跌坐在土堆上，驚得昆蟲一湧而出。潘克羅被咬得唉唉叫，直在草堆裡跑，「好癢，好癢，別追我，別追我。」

「原來你在這裡。」

潘克羅目光從土堆移到聲音的來源，草叢裡伴隨著窸窣窸窣的聲響，直到一位打著赤腳的人類出現。

「你怎麼會一個人走到這裡呢？」

說話的人是一名長髮少女，穿著黑、白和紅色的纖維服飾。

潘克羅把眼睛瞪得大大的，他完全不認識眼前的少女。

少女則一臉彷彿認識潘克羅般，她用力微笑直把又長又大的眼睛都瞇成新月般，「你一個人一直躲在這裡練習？」

那是一名穿著傳統服飾的少女，她接近我的時候，彷彿早已知曉我的到來。

「請跟我走。」

烏帕沒有問過我的名字。

是我自己因為害怕，開口先問她，有關於這個世界和她的名字。

「我叫做烏帕，你不用害怕，在這裡，我們都說著同一種語言，我們來自同一個地方，會先在這裡等待，總有一天會回到最原先的來處，那裡也說著我們在這裡所說的語言。」

潘克羅想起潘德諾的日記，他很快轉換著祖父教過他的那種語言。接著，他低頭環視自己的身軀，發現自己真的變回少年時代的模樣，就像當年的潘德諾那般，他不禁為一切感到驚奇不已。

「跟著我走吧。」

潘克羅仰頭望著眼前少女，心底暗忖著：難道她就是烏帕？

他決定一試，「烏帕，我們要去哪裡？」

少女一愣，又是一抹微風吹過柳葉飄動般的微笑。

潘克羅感到些許不自在，艦隊上的人從來不那般微笑。那樣的笑容甚至不曾出現在孩童身上，眼前的少女又為何要那般微笑著。

「我們得回到村子裡去。」少女回答。

潘克羅又問：「妳真的是烏帕？」

少女盯著潘克羅看了又看。

潘克羅一時感到手足無措，他深怕烏帕會發現什麼，例如他並不是潘德諾，而是潘克羅。

「我是烏帕，你難道不是你嗎？」烏帕反問。

潘克羅張望起四周，他想到此刻的自己也許是潘德諾，又或許是變回少年的潘克羅，也可能是自己正在經歷一場夢。

還記得正當夸歐爾號就快要撞上烏神星號的瞬間，潘克羅只能依從機器人指引預備避難到逃生艙，他究竟是否進入逃生艙？一陣天旋地轉後，旋即爆炸聲響四起，他記得自己彷彿以超快的速度飛出去，他還有些許印象，而在那之後，隱約是更為巨大的亮光閃爍在潘克羅的眼前。

潘克羅就此失去意識，等再度醒來，他眼前的景致就已顯現成，猶如潘德諾日記裡的草叢。

「我是誰？」潘克羅不禁問起烏帕。

「進入這裡的人起初都沒有名字的。」烏帕回答。

「進入這裡的人？妳也是突然進入這裡的人？」潘克羅想知道日記裡未解的謎團。

「這裡的人原先也都是突然進入這裡的。」烏帕牽起潘克羅的手，「沒關係，你這時不明白，以後一定會明白。」

在那個地方，除了雲有影子之外，眼前所及的任何人事物，全都沒有自己的影子。

我跟烏帕說：口渴了。

烏帕舀水給我喝的時候，我只看見溪水在溪裡閃動著光。

潘克羅不禁低頭找尋，他沒看見自己的影子，也沒瞧見烏帕的影子。

「我們就快到了。」烏帕面露微笑說：「在回村子之前，我們得先經過一個地方。」

沿著草叢裡的小徑走，彷彿整條道路是天然形成。少年潘克羅漸漸適應自己再度年少的身體，他感覺到前所未有的輕鬆，卻又同時感受到這個星球沉重的引力和忽然一陣冷冽的強風，以及徐徐吹過熱熱的空氣。

這就是登陸的感覺，踏上一座星球的感覺。潘克羅心想。

此時，潘克羅的心頓時無比雀躍，這可是他出生以來，第一次停止宇宙漂流的行程，第一次擺脫航行的迷惘，第一次能夠靜止在一個時空，著實感受到恆星對這個行星的日夜變化。

「有風，真的風。」潘克羅打從心底笑起，就像那不時轉頭回望他的烏帕那般露出愉快的微笑。

這座星球上的人都這麼快樂嗎？潘克羅思忖著。

潘克羅愈走愈起勁，動作愈來愈快，他跟著烏帕穿梭在草叢間，就像看到無數艦隊收藏的那些知識與實物瞬間掙脫牢籠般的儲藏室，一轉眼全都被撤下，並且大量茂密生長著。

如果所有人都能到達這樣美麗的星球。潘克羅不禁浮現這樣的念頭。

潘克羅開始細心觀察，他發現草叢裡的路徑是人經常走動而出現的，動物也會經過同樣的道路，但是動物更懂得隱匿自己的蹤跡，一眨眼便鑽到另一處動物的野徑裡。而烏帕所走的草叢小路上，多半只有低矮半青半黃的乾草，沿途每隔一段距離便有一些石塊，像是自然而然就躺臥在路徑之中，看起來十分像是道路指引。整條小徑從草叢蔓延入不遠處的森林，林徑上有些樹被砍伐，樹幹上做有記號，又是石塊標記著，轉彎瞥見沙土小路上，一樣有石塊安放在道路邊，沿著那一路，盡頭的景致是一座刺竹林。

烏帕乍然停下腳步，她沒說什麼，就逕自在刺竹林前跳舞。她還拿出衣服裡預先準備的少許米食，米食就放在小塊石頭上，烏帕像是在跟什麼人溝通，烏帕吟唱潘克羅聽不懂的歌曲，烏帕起身，她牽起潘克羅的手，這才走入刺竹林中。

竹林中有一座村莊，村莊中滿布竹子和木頭搭蓋的屋子，屋子裡陸續走出少年少女們，他們的表情較像是艦隊上的人們，只有一絲一縷的情緒顯現。有個帶頭的少年表示，大家都在期盼著烏帕的到來。烏帕又以微笑回應，少年少女們開始吟唱歌曲。每一個拉長的音調都像是在對烏帕泣訴，烏帕又露出溫暖似和風吹過的微笑，她一一回應著每個人的歌曲，刺竹林村莊裡的眾人們像是用歌曲彼此正對談著。

潘克羅對於眼前所見情景，止不住欽佩讚嘆。

他曾經看過，就在那些古老的傳說書籍上頭所附的照片和圖畫。

潘克羅因此知道烏帕可能的身分，他保持靜默，他小心翼翼退出眾人圍繞的圓圈，像個局外人，安靜待在一旁欣賞著眾人的歌舞。

好一會兒，一輪歌舞方歇，刺竹林外又一群吵雜聲響傳入。

潘克羅本能按緊雙耳，他瞇起眼睛，直往聲源處觀看。他的確有些無法適應，長期以來生活在寂靜的時空中，造成他似乎無法負荷人聲鼎沸的情況，此刻的他顯得有些痛苦，半遮半掩的目光，不時注視著刺竹林傳入的動靜。

一群人吆喝著，推拉著粗壯的繩索，有木頭經過地面震動的喀隆喀隆聲響，似有更沉重的東西正在移動，導致地面不時砰砰響動著。潘克羅看見沙土間，小石子和沙礫都在地面上跳。他不禁回想起潘德諾的描述，有一群人自顧自的搬運著沉重的巨石……。

烏帕在人群中記錄著傳說，人群外，有另一群人忙著把那些從大老遠搬來的巨石矗立在村莊內，那些石頭很巨大，推測是從山裡取下來的。

烏帕並沒有跟那些人接觸，烏帕身旁的人全都在吟唱有關大洪水的歌曲。

天上不斷降下大雨，溪水衝出溪道，水位正在上漲，陸地即將淹沒，祖先帶著眾人逃向高山，坐著木臼到達高山，遠方的島沉沒，水不斷湧上，生命即將消失，只有一群兄弟姊妹往外划……最後，就只有一對兄妹幸運躲過劫難。

有人唱出水的聲音。

有人唱出船槳滑動的聲響。

有人唱出浪濤般的歌句。

有人唱著唱著，和身旁的人圍成一座島嶼。

有人成為在大洪水中逃難的兄弟姊妹，在海上漂流。

有人踏著微微的舞步，像是在篝火前低語。

有人唱出高山般的景象。

有人唱著獻祭天神的經過。

有人是犧牲的少年。

有人是獻出生命的少女。

圍繞在烏帕身邊跳舞的少年少女們，邊唱邊回到原本的圓圈，他們各自散開就像是一根一根的巨石石柱分散在村莊四周，他們把歌舞的圓圈拉得很大，眾人頓時都在那圈圈裡面，不唱歌跳舞的那群人也在裡頭立著石柱，潘克羅也坐在圓圈裡的某塊木頭上，少年少女們哼著古老歌曲，持續吟唱。

潘克羅想趕緊記下，他隨手拾起熄滅的篝火堆裡一塊木炭和不遠處乾燥的香蕉葉，沙沙沙，開始書寫起他所聽到的古老歌曲。

「平息了，平息了……」眾人持續喊道。

第五章 陌生的村子

步出仍在豎立石柱的村子，村莊裡的少年少女們早返回屋內休息。只見烏帕停駐在村莊入口處，她拿出香蕉絲纏繞著，動作就像在紡紗一般。烏帕唸唸有詞，村莊不知為何漸漸便安靜下來，豎立石柱的人再度拖動石塊，他們朝另一個出口離開。

潘克羅滿腹疑問，卻不敢輕易開口詢問烏帕，他一路悶著走著，回想潘德諾的日記。

這一路沒有花……我直跟著烏帕後頭走，心想著：在這麼平靜美好的地方，怎麼會沒有花。

烏帕不時回過頭看著我，她總是微笑。我不自覺臉上泛紅，頭也就低得更低。那是不經意的，我踩到石頭，重心不穩便跌出烏帕身後。就在那瞬間，我看見路的中央，有一排麻雀的屍體，我嚇得立刻縮回烏帕身後，急忙跟在烏帕後頭慌亂走著，沿途的麻雀屍體竟然也就消失了。我往前往後看，什麼都沒有。沒過多久，我壓抑不住好奇，故意走偏了，一離開烏帕身後，我便又看見沿路的鳥隻屍骸，往前往後都有。我驚得又跑回烏帕身後，路面上立刻恢復正常，有青黃色的乾草，路旁兩邊不時有石塊，道路上頭經常有被砍伐後而僅剩下一小段一小段的枯樹幹，道路在草叢間，穿越而入森林，寬大葉片的姑婆芋簇生其中，還有小而圓的矮灌木叢，也有高大的柏樹，在一片幽暗的綠色景致下，卻連一朵花也沒有。

潘克羅一回想起，便開始對四周張望，空氣微冷，不似紀錄裡的夏天，而且一朵花也沒瞧見。潘克羅左顧右盼，也沒瞧見任何鳥隻，唯有一點點咕噥咕噥著的小溪水在森林裡流動的聲響。

潘克羅因此想起潘德諾走在烏帕身後的怪事，他小心謹慎踏出烏帕身後的範圍，沿途還真見著一整排麻雀的屍身。潘克羅立刻膽戰心驚收回腳步，藏匿在烏帕的身後，腳下也就頓時沒有麻雀屍體的蹤影。潘克羅又試了一次，一樣怵目驚心的畫面再度現出蹤影。潘克羅只好乖乖跟在烏帕身後，他不知道那些鳥隻究竟遭遇了什麼可怕的事情，也不清楚這是否為壞的預兆。

路途中再度接觸一簇竹林，烏帕轉身對潘克羅說：「就快到了，我們即將回到村裡了。」這次烏帕沒有跳舞，她直領著潘克羅繞過竹林，拐了幾次彎後，眼前才出現村莊。

是清而亮的小鳥啼叫聲，潘克羅終於聽見鳥叫聲了，這村子裡有鳥叫聲，還是象徵吉兆的清亮鳴叫聲。

潘克羅這才卸下心中大石，他自在看著這個位於山腳下平原的村子，觀察到每座屋子後都有幾棵樹做為屏障，附近還有月桃叢，可依然不見花的蹤影。

屋子裡先後出來兩名少年和一名少女，他們一望見烏帕，急忙又奔回屋內。潘克羅是丈二金剛摸不著腦袋，但也不敢隨意探問，他瑟縮著身軀在烏帕身後，直到屋裡的兩名少年和一名少女再度現身，他們拿出一捆好大的草蓆，小心翼翼搬運到烏帕的面前，直讓草蓆由烏帕的腳邊開始往村裡攤開。

只見原先也跟著搬草蓆的那名少女，還打來一盆水，才請烏帕坐在村口的石塊旁，少女很是仔細清洗著烏帕的雙腳。

烏帕洗淨雙腳後，便踏著草蓆往村內前進。

潘克羅一見那情景，也不知如何是好，正猶豫著是否該脫掉腳上那不合腳的鞋子。

幸好幫烏帕洗腳的少女及時喊住了他，「你不能踏上草蓆，你跟我走。」

潘克羅遇上了援手，趕緊改跟隨少女進入村莊。

烏帕踏著草蓆往前走，停駐在村莊最大的屋子前。一時間，村裡的人全都由屋內跑出，滿臉欣喜歡迎烏帕返家。先前搬運草蓆的兩名少年，更是對潘克羅大方揮手，倒是潘克羅不知如何回應，他身旁的少女一臉納悶，眨巴著困惑的雙眼問潘克羅說：「你怎麼了，這一身又是什麼衣服啊？你一聲不響就離開，現在回來了，也好像不是那麼開心的模樣？」

潘克羅急忙搖頭，「我，我沒去那裡，就是附近走走。絕對不是妳想的那樣的，我沒有不開心，我只是累了。」

少女露出淺淺微笑，「算了，反正人本來就有祕密，我不逼你了。再稍等一下，等會兒肯定就能休息了，畢竟你在外頭已經待過那麼多天，現在肯定是累壞了。」

「我在外頭幾天了呢？」

潘克羅心中其實更想問點別的事，可他決定自己先看著辦。

「烏帕有事出外，你也跟著出去，外頭真的有什麼麻煩事嗎？」少女問。

「抱歉，我什麼也沒查到。」潘克羅意識到自己此時此刻應該說點話。

「這種事，你得讓更多人幫忙才行。」少女說完，她指著前方那兩名少年，「塔魯跟阿高十分擔心你，你們該一起去外頭查看的。烏帕一個人要處理那麼多事，恐怕也是累壞了。」少女說，

潘克羅滿腹疑問，究竟是為什麼這座村莊裡的人好像都認識他，難道是把他當成了潘德諾，他焦慮試著轉動眼睛，將目光都投向烏帕所在的位置。

他發現村裡的人全避開草蓆，獨留下烏帕站在草蓆上。他們有的對烏帕噓寒問暖，有的對著烏帕哭，有的伸手一摸再摸烏帕的衣服。

烏帕試著回應所有人，她還握住那個對著她哭的少女雙手，烏帕開始在草蓆上跳舞，少女漸漸不哭了，少女開始笑，少女一笑，就有什麼從她手掌心跳出，那是一隻蚱蜢，少女開心直對著跳走的蚱蜢揮手。

潘克羅看得入神，他身旁的少女對他說：「老毛不小心壓到蚱蜢，好不容易等烏帕回來，蚱蜢才能活。」

「跳舞能獲得重生……」潘克羅看過那些古老資料，他不禁脫口說出：「烏帕好像是南島語族資料庫中所說過的那種公主。」

「什麼，什麼，你說什麼？」一直待在潘克羅身邊照料的少女，問起：「什麼是公主？」潘克羅也沒見過公主，他只讀過有關公主的資訊，他思來想去，答道：「可能是酋長的女兒。」

「酋長？」少女眼睛瞪得大大的。

「是一個村子裡最重要的人。」潘克羅試著解釋，「就像城堡裡的國王，但這裡沒有城堡……怎麼說呢……」

潘克羅努力搜尋腦中的資訊，「也有點像村長，他們是村子裡最重要的人，他們的女兒因此擔任重要的工作，他們的女兒就是公主。」

「烏帕是這村子裡，也是這附近最重要的人。」少女說。

「那麼烏帕的確就是公主那樣的人。」潘克羅說。

「那你認識其他公主嗎？」少女瞪大眼睛，又瞇起雙眼。

「世界上有很多公主。」潘克羅答道。

「這裡只有一個烏帕。」少女仍舊盯著潘克羅看。

「公，公主，在，在傳說裡，通，通常與魔法有關。」潘克羅不禁結巴說起。

「烏帕擁有法力沒錯，很久以前，烏帕的祖母也是，烏帕的曾祖母也是，烏帕是能夠直接跟天神溝通的人。」少女豁然開朗。

「沒錯，我說的就是這種人，像祭司一樣能主持儀式。」潘克羅鬆了一口氣。

「什麼是祭司？」少女又再度盯緊潘克羅，「什麼又是儀式呢？」

此刻，烏帕走近潘克羅的身邊，「那些東西都是很久以前的傳說。」

潘克羅心頭一愣，望起身材高大的烏帕，他腦海裡瞬間跑過許多跟南島語族有關的傳說。

「妳回來了，大家都好開心。」少女拉起烏帕的手說：「可是他好奇怪，一直說些我聽不懂的話。」

「阿珮，我想他累了。」烏帕說。

「他出去是為了調查什麼事嗎？」阿珮少女又問。

「外頭的情況一切都還不明朗。」烏帕答。

「那他找到自己的名字了嗎？」阿珮繼續問道。

「我想他累得暫時還不知道該從何著手。」烏帕答。

只見阿珮點點頭，她轉身對潘克羅說：「去休息吧，今天有烤魚，等你睡醒，就能吃到香氣撲鼻的烤魚。」

潘克羅躺在一間屋子裡，他感到屋內在日正當頭時仍顯得相當涼爽，就像待在一棵大樹的樹蔭下。潘克羅試著回想記憶底的資訊，他想著：這是否就是潘德諾待過的房間，是潘德諾躺過的竹鋪，是潘德諾看過的梯子，是潘德諾踏過的泥地面……。

潘克羅愈想愈發覺得睏了，他半睡半醒間，想到踏著草蓆走路的烏帕，在儀式結束後，離開草蓆踏入泥地裡的烏帕。他緩緩若說著夢囈般，「禁忌……可以做的……不能做的……資料檔案是編號T……彩虹……黑暗裡的那道強光……潘德諾和我……我和潘德諾長得是否相像……」

第六章 禁忌

當月亮在黃昏透出第一道白亮的光，便是一天的開始。

我整理著自己的衣裝，卻發現阿珮早把一套少年的服飾擺在我屋子前。

阿珮告訴我說：這裡已經是我的家。

我懷著猶豫害怕的心思，試著換上這裡的衣服，那布料不知道是苧麻絲還是香蕉絲所編織出來的，出乎意料的舒適，我緩緩穿戴整齊，不免還是想到傍晚離開車站的我，原本該抵達的地點。

是否有人會到處找尋我？

我，失蹤了？

我只是在這裡，一座陌生的村子。

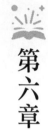

我還有沒有繼續在那個世界，完成我的旅行？

我是否被困在這裡……又或者我根本不是以為的自己，那我究竟是誰。

潘克羅夢著潘德諾的故事，漸漸在一陣搖晃中甦醒，身旁的少年正輕拍著他。潘克羅一時也認不出，眼前的少年究竟是塔魯還是阿高，只知道那少年是搬運草蓆的其中一人。

「起床了，我們得出去看看。」少年說。

「看什麼？」潘克羅揉起眼睛。

「快換上衣服。」少年催促著。

潘克羅被少年一把拉起，換上這裡的服飾，他瞬間感到汗水緩緩滴落的樣子，而不是像在艦艇上，瞬間飛滿四周。

潘克羅在艦艇上也曾經試過在某程度的重力下，讓汗水流出體表，然後緩緩墜落。畢竟艦艇上多半恆溫，為的就是防止宇宙間劇烈的溫差，也因此艦艇裡的人多半不會流汗，除了去上重力訓練的課程以外，大部分的時間，他們很少接觸到水，甚至以特殊的方式上廁所，還吃少許固態的水。

少年把一整個竹筒的水塞在潘克羅的腰帶上，「給你，我們得去找出原因，看看這附近連日來的古怪，究竟是何引起的。」

少年又將一把小刀塞入潘克羅的腰帶，「得看準獵物，不要慌，誰是獵物，你得判斷仔細。」

少年拔地而起便步出潘克羅的屋子，潘克羅趕緊跟上。

眼前的少年面容泛著些許灰黑，有高而挺的鼻子，還有一雙大而長的眼睛，上顎突出，下顎內縮，嘴唇微開，上門牙則微微顯露。

少年領著潘克羅從後面的小路漸漸出了村子，他怕潘克羅走失般，不時回頭去盯著看。

潘克羅直在腦海裡回憶潘德諾的日記，長著那模樣的少年名字是……「塔魯。」

少年瞬間轉身，猶若一隻獵豹迅速且悄無聲息奔至潘克羅面前，劈頭低聲喝斥：「你為什麼突然叫我的名字！」

「你不是塔魯嗎？」潘克羅囁嚅著話語。

「嘿，你忘了嗎？」塔魯看起來相當氣憤。

「我？」潘克羅不禁低下頭，脹紅著臉，像不知所措的孩子般。

「在這森林裡，你不能叫任何人的名字。」塔魯像隻猛獸瞪大眼睛直看著潘克羅。

潘克羅心中頓時揚起一陣劇烈的諷刺感，在艦艇上的他，應該是這個世界超級長者那般的年紀，他有滿腹知識，他能隨時教導任何想要獲取傳說知識的年輕學子。然而此時此刻他身在此處，轉眼卻成為什麼都不懂的少年，他還得聆聽其他少年少女們的教導，他隨時都可能被訓斥，他甚至還可能為此感到生氣，他也許還想說：「嘿，為什麼我要聽你的。」

潘克羅把話都吞進去了，當下的他莫名又是一陣羞愧。他應該知道的，他長年不斷閱讀潘德諾的日記，他應該盡可能讓自己像極潘德諾，潘德諾是沉穩的，潘德諾是談笑風生的，潘德諾在這個世界結交過許多朋友，潘德諾可是打從出生就在原居星球過日子的潘德諾。

我不是潘克羅了。潘克羅暗忖。

潘克羅想起祖父所描述過的那些原居星球景色，祖父告誡過在原居星球生活的禁忌，他絕不能把手，任意指向月亮、太陽、彩虹甚至是星星，他得握拳，他可以翻出手掌捧著，以示禮貌。

那是有生以來，潘克羅第一次能夠接觸傳說，並且執行傳說裡的禁忌。他該感到高興，他知道在這個世界還是有人依著傳說裡的禁忌生活，這要比把所有傳說跟禁忌都扔在資料庫裡，更讓人感到興奮。

潘克羅得試著把自己的情緒表達出來，畢竟他已經很久沒有跟人真實社交過。他想像著自己真的是潘德諾，潘德諾又會如何打圓場呢……。

「對不起，帶給你困擾，真的是很抱歉，請原諒我。」潘克羅誠心向塔魯道歉。

塔魯收下那可怕的神情，他轉身，壓低嗓子說：「這可是危險的任務，你絕對不能掉以輕心。」

塔魯說完，鑽入不時映著月光的大片亮綠色森林裡。

我們在森林間隙裡走著，不時任腿腹輕擦過冰冷的石塊。那些層層堆疊的石礫應是很久以前的聚落，塔魯一路都沒有說話，森林顯得越來越滯悶。我們不時得繞過巨大矗立著的石塊，森林裡的地面也漸漸出現碎裂的岩石面，那些岩石是很久以前的沉積物，曾經落入海床，又遭逢劇烈的變質運動，再被抬升，是一段不適合雨季行走的路。我們又繞過幾棵大樹，沿途爬升著高度，我們正往山腰前進，那裡有一座僅能容下數人的岩石平臺，塔魯就在那裡張望著。

我沒看見任何異狀，僅感覺到森林裡，連風都消失了，我們彷彿走在密閉的空間中，在明明空曠只有樹木、石頭跟野生小動物的林子裡，我卻感到似乎被什麼漸漸包圍。

潘克羅也感受到那種逐漸增加的壓力，像是站在一大群人間的那種感覺，明明森林裡應該只有塔魯跟潘克羅兩個人。

潘克羅趕緊回想潘德諾日記，好不容易才想起來，塔魯要帶他去什麼樣的地方。
終於走到平臺上所能望見的一處凹地，塔魯這才停下腳步，他直盯著眼前散落的石塊瞧。
潘克羅知道，那就是潘德諾說過的，很久以前的異族聚落。
忽然一陣雲霧飄來，潘克羅不知為何愣的一動也不動，彷彿被石化般。

那沿路都是被變成石頭的人。

或許是想起潘德諾曾寫下的傳說，潘克羅的心跳聲因此愈跳愈快，直到他再也承受不住想像的畏懼，他猛烈大力咳嗽起來。
塔魯很是著急，「你怎麼了？」
潘克羅邊咳著，邊搖頭。
塔魯一臉焦慮望著潘克羅，又不時注意廢棄村子的動靜。
直到潘克羅恢復了平順的呼吸，他第一次感到真實的霧氣，涼涼的水滴經過他的身體，他喃喃說著：「只是水而已。」
「進去看看吧。」塔魯提議。
潘克羅點一點頭，也就跟著塔魯走進去。

塔魯走進石堆裡，石堆旁有廢棄木材，木材邊都堆著曾經被使用過的竹簍，還有幾隻木頭雕刻的動物玩偶，木材旁還有一根菸斗。

潘克羅從未看過真實的菸斗，他若孩子般好奇，伸手就想去觸碰。

塔魯再度壓低聲音喝斥著潘克羅，「看來你什麼都忘記了！」

潘克羅一臉無辜若挨罵的小狗。

「你明明應該是來自跟我一樣的村子，你如今卻什麼都遺忘。」塔魯的神情是悲傷的，憤怒中夾帶著哀戚。

潘克羅一驚，努力回想潘德諾所寫過的事項。

那裡的東西是不能碰的。

因為不可能帶它們回家。

那是個經常遷徙的村莊，幾經溪水暴漲的緣故，也可能是分家習俗的原因，那些在山上的村子經常遷徙，他們分開之後，就漸漸衍生出另一種傳說。

塔魯急忙拉著潘克羅離開異族聚落，等回到森林小徑，塔魯又再度壓低聲音說道：「他們習慣養著兇猛的獵犬，他們可是行動敏捷的獵人。沒人知道他們獵犬的特卡茲還在不在那個地方，特卡茲那可是獵犬生命中最古老的力量，是任誰都不能隨意侵犯誰的古老力量。」

潘克羅又驚又急，他環顧四周忙著想找到可以記錄的東西。他慌張了許久，才意識到，他根本不可能在這森林裡找到任何早已熄滅的木炭來做炭筆，因為這林子裡實在是太過於安靜，連獵物也可能很少逗留過足跡。

「他們的火種早就熄滅了，他們走了很久。」塔魯喃喃說起：「為他們村子裡的獵人所留下的火種，早就不存在於這附近的地域。」

潘克羅漸漸停下內心渴望記錄的慌亂，安靜聆聽起塔魯所說的話。

「早從祖先那時起，那村裡的人就經常跟那些搭著船來來去去的人做交易。」塔魯說著。

潘克羅盡力記憶著，塔魯所說的每一句話。

「我根本沒有頭緒，這裡是村子裡最禁忌的地方，我冒險帶你來，你為什麼竟然遺忘禁忌。」塔魯愈說，臉愈展露痛苦，「你是跟我來自同一個村子的人，我可以感覺的到，但是你卻跟我不一樣，你什麼都忘記了，然而我全都還記得。」

潘克羅一聽，疑惑了，他望著塔魯，他似乎明白塔魯的痛苦，卻又同時不清楚塔魯是否想過遺忘，還是想要潘德諾也一起記住……。

此時的塔魯，看起來就像是長年待在鳥神號裡的自己。潘克羅思忖著。

「那些搭船的人，後來也有一部分的人來到村子的不遠處住下，他們或許也累了，在海上不斷漂流的日子。」塔魯從小徑又望向不遠處的廢棄村子，「村裡的人說，那是個會讓人生病的地方。有人說，那村子會被廢棄，就是因為有人生病。」

「他們終究做了不好的事。」塔魯轉頭望向潘克羅，面露希冀潘克羅能夠理解的模樣。

「村外究竟發生了什麼事？」潘克羅說，「跟這裡有關係嗎？」

「他們全都走了。」塔魯再度望向村子。

回程，潘克羅不禁仰望林子外的夜空，第一次發現這個原居星球的黑夜竟是如此明亮，彷彿他還在艦隊裡，透過舷窗望著銀河系。

第七章　神之子

清晨之星剛亮起，潘克羅緊跟著阿高來回在同一條路上走，一路上的小樹林風景，像是帶刺的鐵絲網。

「我們得把獵物吸引到這個地方來。」阿高解釋著。

潘克羅直跟在阿高身後，打開一張森林繪製圖，再次補上指標與所在位置。

「你不能讓其他人發現那張圖。」阿高瞥了一眼，潘克羅繪製的地圖。

潘克羅仰頭，十分困惑望著阿高。

「任何人都不行，我們不知道對方是敵是友。」阿高說道。

「是什麼人即將接近這座村子？」潘克羅囁嚅著話語問道。

「是什麼東西正在成為什麼人。」阿高答。

「什麼東西？」

「時間無時無刻變動著，每一天所遇見的人、看見的風景與遭遇的獵物，都在成為不一樣的人事物。」阿高說著說著，眼睛閃爍起明亮的光彩，他那麼看著遙遠的森林盡處後，旋即低頭說道：「就算死掉了也是一樣的，有時候會因為放棄，然後就變成不好的東西。」

「死掉的？」

「我們已經很久沒聽見鳥叫聲了。」阿高說，「這真是太不可思議了，不可思議。」

「有東西吃掉了那些鳥？還是有什麼人把這附近所有的鳥全都抓光呢？」潘克羅不可置信問著。

「的確有些不一樣了，烏帕才必須加緊腳步，她得讓一切恢復正常。」阿高指著森林還說，「我們能幫忙的，就是查出可能的問題來源，並且預先防範。」

潘克羅滿腹疑惑，他並不清楚這個世界究竟發生什麼事，他只能試著回想潘德諾的日記。

我待在一個看似時間停止的地方，感受著清晨之星亮起又熄滅的每一天，村子裡的人都做著幾乎同樣的事，有人耕種，有人織布，所有人為了祈福而跳舞唱歌，他們反覆試著記憶很久以前的故事。

回到村子裡，烏帕喚住了潘克羅，烏帕十分喜歡潘克羅平常繪製的森林地圖，那些圓圈總莫名吸引住烏帕的目光。

潘克羅雖然見過原居星球的古老地圖，但潘克羅從沒學過那些依靠著比例或是經緯線所繪製的平面地圖製圖法，潘克羅畫的地圖是三維世界，路線圖是無數變形的圓圈圍繞在森林四周，每一個有意義的場域則像是一顆星體被潘克羅標註在地圖上。

「你可以把我說的地方，也畫成地圖嗎？」烏帕問。

潘克羅點點頭。

烏帕轉身，進入自己的小屋，沒多久，她拿出一疊樹皮布所繪製的平面地圖，上面有樹，有石頭，有溪流，有村子，有道路。

烏帕先唱一段潘克羅聽不懂的歌曲，接著緩緩說道：「我們在草地踩踏下痕跡，我們安靜走過敵人祖先留下來的屋子，屋裡的沙力滿正等著咬壞那個觸碰屋內獵具的人，沒有帶走的獵具被詛咒著，為什麼沒有被帶走。」

潘克羅依據烏帕指著的平面地圖，畫出繞過那座敵人村莊的道路圖。

烏帕又唱起一段歌曲，旋即說著：「那村莊的不遠處有墓塚草地，草地上躲著敵人遺留下的力量，不能輕易踩過……」

潘克羅邊看地圖，邊聽著烏帕的說詞，邊畫出他想像的位置。

「繞過那村子，可以到達比較和善的村子……」烏帕吟唱後，又說起，「我們終究回到海岸邊的平原，回到肥沃的土地上……」

潘克羅依照著烏帕的說明，參考了原來的樹皮布地圖，在一張很大的樹皮布上，畫出了最初在海岸邊的聚落，慢慢移入平原的村莊，接著是往山林走去的村子，越過山林的村子，回返到海邊平原的村子，以及往北移動的村莊路線圖。

我是在烏帕的指導下，開始嘗試描繪地圖。

烏帕唱的歌聲就像是海邊浪花的聲響，我們彷彿待在一艘船上，正試著緩緩向岸邊移動。

烏帕十分仔細解釋著每座村莊的來龍去脈，她跟我說起：每座村子原本是沒有界線的。

她還說：竹林是在告知旅人，村莊就在不遠處。

「石塊是危險的。」烏帕曾那麼跟我說起。

石塊帶有禁忌，是有限制的地方。

潘克羅依照著記憶中潘德諾日記裡的畫，因此更能清楚描繪烏帕所說的地點。

「請讓我看看。」烏帕說完，接過地圖，她來回看了好幾次，忍不住讚嘆，「如果我有翅膀，能在天空飛，看到的，會不會就是這景象。」

潘克羅有些難為情低下頭，他心裡不時閃過些許不安。他不清楚自己是否有誤觸這個世界的禁忌，又擔心因為自己的誤闖，不知道是否又會為這個世界帶來什麼樣的改變。

村外一陣吵雜聲，潘克羅本能便摀起雙耳。

只見幾位少年少女搬動著些物品，阿珮正連忙上前去招呼。

潘克羅張望著遠方的物品，他認出有好幾樣是麵包樹的果實。

阿珮走上前去，以清水為他們洗淨一路上的風塵僕僕。

「這都是東方清晨之星亮起，便採摘下來的。」一名少年說。

阿珮直點頭，也為那些果實淨了又淨，「這可是芳香甜美的食物，謝謝你們送來村裡。」

「我們需要那些漂亮的羽毛，那些美麗像天神一樣的鳥隻，不知為何消失在我們村子的森林裡。」一名少女急忙說道。

阿珮一聽，臉色一沉，她百般思慮，才下定決心，「我們可以用羽毛跟你們交換，但是我們林子裡的鳥隻也不見蹤影，若是下次來，恐怕我們便沒有什麼可以跟你們交換的。」

一名面容蒼白如雪的少女走向了阿珮，她做了祝禱的動作，她以善意安慰著阿珮，卻同樣落入憂心忡忡，她嘴裡喃喃說著：「就算我們再往北邊的村子去找，恐怕那裡也一樣找不到神一般的鳥隻。」

潘克羅認出該名少女，她的名字叫做阿雪。根據潘德諾的日記，先前開口說話的少女，應該名為阿美，兩名少年之中，誰又是阿金，誰又是谷牧。

烏帕走上前去，外村的少年少女們回以禮貌的問候方式。

烏帕對四名少年少女也做出祝福的儀式，她儘管眉頭微微蹙著，還是努力顯露微笑，「時間定會讓一切明朗，你們也累了，不如就在此休息。」

他們在村子裡休息幾天，那時，常聽阿珮跟阿雪、阿美說起當人類還是仙人時代的故事。她們是三名淘氣的少女，她們一邊編織衣物，一邊笑鬧著。

「可以請香蕉絲自己變成衣服。」阿珮說著。

「或者天空會掉下美麗的衣服，就不用辛苦織衣服。」阿美也跟著鬧。

「不知道需不需要吃東西啊？」阿雪問著。

「不用，不用。」阿珮織起雲的花樣，「那時候人類跟天神很像，不用太過勞動，我想應該也就不容易餓肚子。」

「吃少少的東西呀。」阿雪笑著。

「提很少的水，織很少的衣服，吃很少的果子，不知道是否也不需要睡覺。」阿美說完，便笑了。

「那都是很久以前的事……」她們愉快談論著過去。

我曾經聽烏帕說起：在遠古時代，天神跟人類可以互相來往，有女神跟男人結婚，他們過著不會太辛苦的日子，直到他們的孩子去了陰界，女神傷心返回天上，男人跟著爬上天梯，男人也成為天神，跟女神在天上重新過日子。

潘克羅想起潘德諾的日記，耳邊果真又響起，有關於仙人的故事。

「以前的人不用太勞累的。」阿金說。

「那樣的人就叫做仙人，跟我們現在的人不一樣。」谷牧說。

「哪裡不一樣？」阿美問。

「這我知道，仙人是天神生的，人類是天神製造的。」阿珮說。

「仙人也是天神做的。」谷牧反駁。

「所謂的人類，應該是天神製作的仙人，慢慢繁衍成為現在的人類。」阿金說道。

「反正我們現在都不是仙人了。」阿美說。

「變成人類之後，人類遭遇大洪水，離開原本居住的地方，花了很久的時間，我們現在才在這裡。」阿珮不禁搖搖頭。

潘克羅穿梭在他們之間，彷彿是隱形人般，沒有名字的少年對已經有名字的少年少女們，有時候就像是小動物般。少年少女們絲毫都沒有感受到潘克羅躡手躡腳經過，他們依舊開心談論著，潘克羅在一旁鑽過，他聽著，想著，觀察著，模樣倒真像是守護村莊門口的那幾隻黑色土犬。

阿珮好不容易才發現到潘克羅似乎有意加入他們的談話，才朝著他揮揮手，「過來，坐這邊。」

潘克羅有些靦腆，他望著陌生的少年少女們，他一時間有些不知所措。畢竟，在他成長過程中，並沒有什麼機會去體認到一個少年該有的正常社交。

「這是我們村裡的，還沒有名字。」阿珮這樣跟大家介紹。

阿雪首先對潘克羅點頭，「你好，我叫做阿雪。」

潘克羅也點頭，示以回應。

「你好，我是阿美。」阿美朝潘克羅揮揮手。

谷牧則是轉身用力抱住潘克羅，還拍了他的背好幾下，「你好，我是谷牧。」

阿金則微微點頭示意，隨口說道：「我是阿金。」

少年少女們繼續談論仙人的故事。

潘克羅便又開始記錄：變成人類之後，遭遇大洪水，才離開原先居住的地方。

潘克羅還記憶下，天神的孩子去到了陰界。

「那就是死掉了啊。」阿美說。

「並沒有說清楚，孩子終歸去了不一樣的世界，天神才傷心離開這個世界。」阿金說。

「孩子好像是遭遇意外，才死去的。」阿雪說。

「死掉之後，就會變成塔祖莎，塔祖莎去了陰界就會變成古特，古特才有機會繼續指引人類，遵循祖靈的道路走。」阿珮說。

「我們得跟著天神的道路走，才能回到原本祖先出現的地方。」谷牧說。

潘克羅聽完谷牧的話，心頓時驚愕而愣了好大一下。

得跟著天神的道路走，回到祖先出現的地方……難道夸歐爾號船長說的，才是對的。潘克羅暗忖，背上頓時又冒出一身的冷汗。

第八章　鬼火

眾人們圍著篝火說起從前的故事，忽然間，村莊門口有騷動，一隻黑色獵犬衝了出去，沒多久，狗的吠叫聲消失，這使得阿高趕緊衝到村口查看。

阿高一個人出去，塔魯不放心，也跟著往村口去，頓時村裡的人跟客人們都起身，不久之後，便看見獵犬領著三個人回到村裡。

阿珮定睛一看，「原來是阿福，你怎麼會在這裡？」

阿福整個人都溼漉漉的，他身子禁不住直發抖。

阿珮進屋，便要去拿新的衣物，給阿福換上。

烏帕看見阿福，趕緊先以村外人的淨身方式，將阿福一路上，那些看的見和看不見的，全都擋在村外。

阿福冷得直打哆嗦。

「他怎麼會來這裡？」阿金說話的時候，有些敵意的氣味飄出。

只見阿高領著阿福在竹林裡換過一身乾淨的衣物之後，烏帕才進入竹林。

「他怕是遇見不好的東西。」阿珮喃喃說著。

隔天，阿雪一行人預備離開烏帕的村子，休息過一夜的阿福在阿高的屋外望。

阿金瞧見了，心裡又是一陣不舒服，「看，那個怪傢伙又在那裡直對著我們猛瞧。我們可不是他們的獵物。」

谷牧制止了阿金，「別生事。」

「他一直看。」阿金氣憤說著。

「他不是在看你，他是在看阿雪。」阿美說著。

「他看阿雪做什麼，阿雪又不是他們的獵物。」阿金說。

「是喜歡上阿雪的模樣吧。」阿美又說。

阿金頓時卻齜牙裂嘴，像是一頭野獸，吼道：「看他兩眼無神，準是被精怪纏住，聊了好些天，都快把自己弄成也一副精怪的模樣。」

谷牧一聽，暗自覺得不妙，他壓低聲音，提醒著眾人說：「看來，我們回村子的路上，一定要加倍小心留意。」

阿珮送走了客人，也開始留心那暫宿在阿高屋子裡的外人。

「什麼纏著人聊天的精怪？」潘克羅好奇問道。

「那是種會化身成為你熟識的人，然後去找你聊天，一直逼你聊天，最後糾纏到使人死亡的精怪。」阿珮回應。

「那他是人還是精怪？」潘克羅小心翼翼用手微微指向阿福。

「烏帕確認過了。」阿珮急忙回應，卻又有些遲疑，「最近怪事太多了，我們不得不防。」

「那我得去提醒阿高。」潘克羅說。

阿珮急忙拽住潘克羅，「先別急，阿高是阿福的朋友，我們得先仔細觀察。」

那些東西會讓人掛在樹上，那些東西會引人去奇怪又危險的地方，那些東西會讓人停在原處，最終因為無法離開而死去。

潘克羅腦海裡，搜尋到潘德諾的日記。

他以前也讀過類似的傳說，那是一種古老奇異的力量，使人迷路受困的力量。

潘克羅不禁想到艦隊的遭遇，所有艦船都像是被困住了，那迷路的感覺會使人發狂，就像夸歐爾號莫名衝撞烏神號。

「那也是一種時間與引力糾纏的地方嗎？」潘克羅喃喃說著。

「你說什麼呢？」阿珮問。

「沒什麼。」潘克羅急著否認。

「他說他看見了奇怪的東西。」阿珮的目光投向了阿福，又轉頭，假裝在曬瓜果，「那些奇怪的東西在某個村子很盛行，卻從來不曾在這附近出沒，怎麼他就遇上了。」

潘克羅歪著頭看阿珮。

「塔魯跟我說的。」阿珮說著，「他一早就跟我說過了，可那種東西究竟是什麼樣的，誰也沒瞧過，就說會變成你熟識的人了，這聽起來，實在叫人擔憂。」

「他來做什麼呢？」潘克羅問。

「說是來請烏帕的。」阿珮說，「他說他們村裡有些問題。」

「他是逃出來的？」潘克羅問。

「他沒這麼說。」阿珮說，「他同烏帕說，是在半路遭遇到奇怪東西的阻撓。」

「他被那東西丟進水裡去了？」潘克羅說。

「他說是自己跳進去的，」阿珮說著，「說怕那東西，就直接往溪裡跳，腦子不昏沉了，就往我們村子跑。」

「烏帕信嗎？」潘克羅又問。

「信，怎麼不信。」阿珮語氣很是篤定，「烏帕可是像天神一樣的人，她信了，我們當然要跟著相信才對。」

「但是妳也覺得害怕，對吧？」潘克羅問著。

「話是沒錯。」阿珮思前想後著，「最近真的發生太多事情，我很擔心烏帕累壞了。」

「烏帕累了，也許就看錯了？」潘克羅試探問著。

「這正是我的擔憂。」阿珮不禁摩挲起潘克羅的頭，「你這小傢伙，還真懂。」

「我會跟著去的。」潘克羅拍胸脯保證。

阿福一路都沒有說話，直往前走。

烏帕要潘克羅緊跟在自己的身後，她不時查看著森林的動靜。漸漸就上了南方山腰，開始溯溪而上。

「走這裡。」阿福轉頭說話時，兩眼無神，模樣很是疲憊。

「以前不走這裡嗎？」潘克羅低聲詢問烏帕。

「這路，我倒是第一次走。」烏帕回應。

潘克羅又想起眾人所講那些關於精靈的故事，什麼把人騙到高處，把人掛在樹上……潘克羅不禁打起冷顫。

「我想尿尿。」潘克羅越是緊張，越覺得想上廁所……他依稀還記得他所讀過的傳說故事和破解的方法。

烏帕停下腳步，潘克羅在身後的灌木叢上廁所，驟然間，便一片天黑。

「怎麼天黑了？」潘克羅急忙問。

那個貌似阿福的人卻轉眼就沒了蹤影。

烏帕回頭去找潘克羅，這才發現沿途都是險峻的地形。他們在艱險的溪崖邊，好不容易找到一個暫時能棲身的洞穴，烏帕還找到幾捆乾草，潘克羅依照潘德諾日記裡的方法，頭一次用石塊和木頭生起火來。

阿福的村子裡空無一人，烏帕和我來回找尋許多次，村子裡的獵具都還在，屋子裡還有織了一半的布。

烏帕跟我說：「他們走的很著急。」

「他們遇見危險了嗎？」我問。

烏帕嗅聞起空氣，「他們逃走了，他們應該是安全的。」

潘克羅裹著乾草休息，溪崖下水流湍急的聲響，使他久久無法入睡。

「這是怎麼一回事？」潘克羅還是決定要問個究竟。

烏帕默不作聲。

「怎麼就天黑了。」潘克羅說話的聲音放低放小，就怕傷了烏帕的心。

烏帕累壞了，她反覆拿著一塊石頭看了又看，好不容易開了口，「原本就是黑夜，我們被阿福模樣的東西騙了出去，以為太陽早已升空，原來只有東方的清晨之星剛亮起。那東西走路的速度很快，我們不知不覺也跟著走到這裡。」

「這裡是哪裡？」潘克羅問。

烏帕搖搖頭，「得等天亮。」

我始終無法睡去，那種擾人的東西據說會躲在暗處，等待人睡著後，再次出現把人搬到不可思議的地方。

潘克羅被夢境嚇醒，那是潘德諾日記提過的景象。

他頓時流滿一身冷汗，身子止不住的發抖，讓他愈發感到清晨的寒風刺骨。

烏帕一夜未眠，又往火堆裡添柴火，眼看洞外藍灰色的夜幕愈發光亮。

天亮後，兩人一出岩洞，才看到洞外的深潭。遠遠，山腰上的村子就是阿福的村子，烏帕領著潘克羅小心謹慎經過溪崖，便看見有一座藤做的索橋。

阿福真不在村子裡，這座偌大的村子空無一人，烏帕就像潘德諾日記裡所說的那樣，她環顧四周，她探尋線索，她最終判定村子裡的人是逃走了，所幸並未在村內遭遇到危險的事。

潘克羅很熟悉眼前的場景，潘德諾日記裡有提過。他真的進入潘德諾所進入的那個世界，變成潘德諾，那麼原本的潘德諾呢？潘克羅開始憂心。

「這裡有些枯掉的草木。」烏帕說。

「那是線索嗎？」潘克羅問。

烏帕很是憂心，她對草木設下了結界，她說：那裡似乎有不好的氣味。

離開阿福的村子，遠方該有的黑夜猶如白天般發亮，還有幾絲微弱的黃綠色光點在潘克羅和烏帕曾經駐足的溪崖邊。

第九章 精靈之謎

烏帕左思右想，決定盡速下山往海岸走，她想到的是，離阿福村子最近的那座大型村落。

我跟著烏帕離開阿福的村子，前往下一個可能知道阿福一行人下落的大型村落，那裡的人或許也發現過什麼不對勁的地方。

烏帕說：有什麼正在崩落。

烏帕還說：那座村子裡，有跟她一樣的人。

我跟烏帕又走了好久的一段路，烏帕並沒有提及，我們好像被困住了。

一樣的路，一樣被做過記號的樹幹，我們在一座林子裡頭繞起圓圈。烏帕看似鎮定，她蹲下身子，她彎腰，她低頭仔細找尋樹根旁，草堆間，她看見了下過雨後才會出現的白色蕈類，她便沿途找，她要我緊跟在後，她跟我說起：前些日子下過雨。

她起身跟我說那座山邊是前一天才下雨，北邊的林子裡則是每天清晨都會下雨，南方的雨是好幾天前下的……我看見那些白色蕈菇，有些剛被太陽曬乾，有些還在長，有些已經成形……烏帕便是依據下雨天數和那些白色蕈菇的生長情形，走出林子般的迷宮。

一踏出迷霧般的林子，烏帕看起來相當疲累，她挨在一棵樹木下休息，她從腰間掏出竹筒喝水。

我問烏帕說：她怎麼了。

烏帕只是搖搖頭，她看著天邊無風卻不知為何快速流動而過的雲，她深深思索後才凝視起我，慢慢一字一句對我說：「剛才那座林子不應該在那裡的。」

我什麼也沒聽懂，就只能望著烏帕。

「時間亂掉了，那座會吃人的森林離開了它的時空。」

過去究竟發生了什麼事？一路上，潘克羅回憶潘德諾的日記，心想著眼前的困境，又想起潘德諾遺留下日記後，卻留下生死不明的謎團。

潘克羅還想著：祖父他們為何搭上艦隊拋棄原居星球，難道跟這裡發生的事件有關，莫非所有的毀壞都是由這裡的轉變開始……。

烏帕領著潘克羅悄悄進入一座大型村子，他們站在門外，正等候村裡的人放行。

先走出來的是兩名少年，他們趕著幾隻小雞、小鴨和小豬。

「烏帕。」一名少年開口喚道。

另一名少年放下手中的小雞小鴨，急忙往村裡跑。

烏帕看了眼前的景象，問道：「這是阿福他們留下的？」

「我們到達的時候，就只看見這些預備跟山上祖靈交換獵物的祭品。」留下的少年答。

「看來他們也沒逃到你們這裡……」烏帕喃喃著。

少年請出一名少女，少女的服飾看起來像是盛裝的禮服，少女對烏帕和潘克羅施以淨化後，才邀請烏帕和潘克羅進村。

「帕娜，是否能夠告訴我，妳所知道的事情。」烏帕請求著。

「我看見有美女走向熊出沒的地域。」帕娜說。

「那是古老的儀式，用來請求神的寬恕。」烏帕說完，心一沉。

「每次以為下不完的雨，總會在關鍵時刻停止。」帕娜說。

「大洪水？」烏帕問。

「災難。」帕娜答。

烏帕向帕娜表示感謝後，起身，環顧帕娜所在的村子，她不禁眉頭深鎖，顯露心事重重後，才勉強露出笑容。

「我們是否可以在此休息一天，我想妳真的需要好好睡上一覺。」潘克羅向烏帕提議。

烏帕仰頭望著雲，好一會兒才同意潘克羅的建議。

起初和烏帕交談的少年，正叫著攙扶帕娜進屋歇息的少年名字。

很快的，潘克羅知道那最初招呼他們的少年，名喚阿生。

另一個少年則叫做阿和。

又一個少女端出藍色像是會發光的東西，自顧自的祭祀著的少女，名叫莎瑪。

在這座大型村子裡，住著許多少年少女，少年少女們總是一群一群出現，彼此像是有小團體，團體間彼此不交談，他們各自忙著各自的工作，他們看起來像是交錯在同一個時空。

潘克羅對眼前的情景感到疑惑，那些不同團體間的少年少女們在碰觸彼此的同時，順間都變成透明的，那同時抓住小豬的兩名分別隸屬不同團體的少年，在碰觸小豬後，他們都立即成為半透明般的身軀，直到另外一方放掉小豬，兩名少年才恢復正常的身軀。

阿生、阿和與莎瑪忙著處理夜裡剛捕撈回來的溪魚，和他們隸屬同個團體的幾名少女則辛勤整理穀物。

他們全然不知道，為什麼有人會突然間默默走出村外。是莎瑪先發現不見了一名少女。

村子裡其他的小團體們，也各自失蹤了一名少女。

只見那大型村子裡頓時跑出許多人，那些人影透明又出現，出現又透明。潘克羅仔細觀察，這才發現他們身上的衣著有些不一樣，他們喜歡的顏色也不太一樣，他們身上所織的花紋也不同，他們全都拿起獵具，帶上竹子做的樂器，他們一湧而出村子，他們大聲喊，他們唱歌，他們敲打竹筒，他們吹出竹笛。

潘克羅看的眼花撩亂，他莫名也跟著走出去。是烏帕拉住潘克羅，「你不能跟出去。」

「這是為什麼？」潘克羅問。

「這裡的森林並不認識你。」烏帕答。

「他們要去何處尋找那名失蹤的少女？」潘克羅問。

「恐怕，我也不清楚。」

「如果妳可以多告訴我一些。」

「我能告訴你什麼？」烏帕臉上的微笑變得很淡很淡，她的眉頭老是蹙著。

「那少女怎麼了，還有那些人為什麼會變透明的。」

「一次只失蹤一名少女。」

「那他們為什麼同時喊有人失蹤了。」

「他們的時間重疊了，原本應該是在不同的時空。」烏帕伸出手，「我們走吧，是時候離開了。」

「他們會如何找到那名失蹤的少女？」

「他們只要繼續敲打，製造更多的聲音，他們的同伴就會現身在他們的眼前，有時在樹上，有時在山崖邊，有時在斷崖平臺上，有時在刺竹林裡……他們懂得一些咒語，他們知道如何讓那些逼人吃糞便和昆蟲的精靈，把人還回去。」

「失蹤的少女會沒事吧？」

「你別擔心。」烏帕轉身回望那座大型村落，「這裡住過許多被精靈騙走的人，精靈原只是想讓人迷路。」

「那些是什麼樣的精靈呢？又為什麼抓人騙人，想讓人迷路？」

「那些精靈有的像巨人一樣高大，有的矮小，有的是紅色的，有的長相可怕，有的長相則是老人家的面貌……他們是很古老的生命。」烏帕牽起潘克羅的手，步出大型村子，「只要好好向那些古老的祖先打過招呼，讓森林裡的古老祖先好好聞一聞你身上的氣味，好好認識你一回，下次你自己穿越森林的時候，祖先就知道是你，你只要好好走過森林，便不用怕迷路也不用擔心遇上什麼麻煩事，僅是偶爾需要擔心起那些孤單又愛捉弄人的精靈。」

第十章 刺竹城祕密

烏帕帶我走過許多村莊，有時候，我會聽見山林裡，有槍響的聲音。多半是竹炮，炸得田邊的小鳥嚇得飛起，直落在好幾座山外。

白霧總在午後現蹤在山林裡，地上的樹根濕漉漉，很容易滑倒，我幾經波折，終於丟掉我那雙不合腳的皮鞋，開始適應赤腳踏在森林裡的感受，有些苔蘚散著遙遠森林的氣味，跟苔蘚所在森林的氣味差很多。

芒草、刺竹和星光，烏帕的人生就在拜訪村子間往返中度過，我沒看見她多做休息，她總是知道何時可以沿溪床而行，何時又必須遠離溪床。

「我們不回村子嗎？」潘克羅開始認識路，他發現自己走上一條從未行過的林徑。

「我們得去多拜訪一個地點。」烏帕試圖微笑。

潘克羅認得那樣的微笑，艦隊上的人多半如此，還有他那個擔心會變成巫婆的母親，時常都是勉強在錄像裡微笑，潘克羅也曾那樣勉強自己在跟父母通訊時，露出那般微笑。

「那是一座古老的村莊。」烏帕望著潘克羅，又是一抹勉強的微笑。

潘克羅繼續跟著烏帕走。

烏帕蹙著眉頭，她心底揚起許多事。

「這裡的村莊看起來都很古老。」潘克羅穿過一座座紅磚村落，裡頭沒有人跡，只有野草密布在屋裡屋外。

烏帕領著潘克羅走入紅磚村子，出現了一間土角厝，她輕聲說道：「總是會有第一座村莊的出現，才會有之後的村子出現。」

「這裡還不是最早的村子喏？」潘克羅搔搔腦袋，又問：「我們此刻是正要前往這座島上的第一座村子嗎？」

「噢，是吧，也許是的。」烏帕滿腹心事。

烏帕領著潘克羅經過一處溪底，又爬上一高處。

潘克羅定睛一看，這座位在高處的平臺彷彿是天然的哨站。平臺外，有竹林掩蔽，外人根本不容易發現。在這高處平臺上，展現絕佳的易守難攻位置，能確實保衛平臺附近的村落。

「不遠處就是海。」烏帕說完，她停下腳步，就在竹林前。

「我們不進去？」潘克羅問。

烏帕搖頭，「得在這裡等。」

風吹動竹林搖得咭喀咭喀響，潘克羅卻隱約聽到更遠的地方似乎有浪打上岸的聲音。

「這是海浪的聲音？」潘克羅一時欣喜，差點就要脫口而出說起：他從未見過真正的海。

潘克羅直是在竹林外繞著，走著，他不時仰頭，終於還是忍不住問起：「進入那村子，能看見海嗎？」

「海就在另一端。」烏帕答。

等了好一會兒，竹林咭喀咭喀響了七次之後，又任竹葉沙沙沙，又嘩啦啦落下了七次，才看見有少年走出竹林外。

那少年面帶微笑，對烏帕行禮。

烏帕回禮，那人便領著烏帕和潘克羅進入村子。

「不用幫我們把身上的那些不好的去除嗎？」潘克羅偷偷問起。

烏帕輕搖頭，「在竹林那裡已經完成了。」

潘克羅忽發現自己肩上有一片竹葉，便趕緊把竹葉撥去。

一進入村子，潘克羅發現那裡跟烏帕的村子很相像，但他們的村子裡有獸骨，他們的村外也有船隻。

潘克羅一看見船便覺得莫名興奮，直像個孩子在船旁邊張望。

帶頭的少年指著船，對著潘克羅說：「還不到下水的時候。」

潘克羅這才想起，這時節穀物還不能收割，沒有作物能獻給海神。他曾在傳說裡頭，看過恆星和衛星是如何影響這個星球的天氣與四季。

烏帕要潘克羅在屋外候著，她隨少年進入一座較大型的屋子。

幾名少女穿梭在船型屋頂的廊下，她們看起來似乎正在準備著祭典所需的物品。

潘克羅也就蹲在船邊，看船是怎麼被用木頭拼裝完成的，他想像一旁晾乾的槳該如何操作，他們站在船上又是如何叉住那些生活在水裡的魚隻。

「你喜歡船嗎？」一名少年靠近潘克羅。

潘克羅趕緊點點頭。

「你上過船嗎？」少年又問。

潘克羅搖頭。

「你會喜歡海的，船就是海的一部分，我們也是海的一部分，只要有了船，我們隨時都能回到大海。」

潘克羅聽的眼睛發亮，「回到大海。」

「是啊，我們都是從大海來的，能夠回到母親的懷抱，是一件令人開心的事。」少年講的眉飛色舞，「魚是大海給的禮物，是母親給我們的東西，所以要好好珍惜。」

「怎麼才能得到那些魚呢？牠們自己從海裡跳進船的嗎？」潘克羅好奇問著。

「不是那樣的，得依靠自己的體力，證明你是大海的孩子。」

「你可以多說一點嗎？海很深，那些生活在海裡的魚該如何看清楚呢？」

「你得需要一點點的油脂，那將會使海水短暫清澈，那麼你就可以清楚看見魚的動靜。」

潘克羅和少年很投緣，他們聊了許久，也聊天氣的情況，他們還揣測著未來幾天是否會下雨，還要多久日子才能下海捕魚等等之類的事。

烏帕在屋子裡談了許久，在紅霞染滿天空之前，烏帕離開村子，潘克羅也向少年道別，他們步出古老的村莊。

「我們今夜得在森林裡過夜了。」潘克羅試圖打破烏帕不知為何的沉默。

烏帕轉身，她微微顯現些笑容，她對潘克羅說：「不，我在前方有座屋子。」

一路往北走，傍晚後的星星還算明亮，烏帕跟潘克羅走在漸漸沒有石塊的林道上，風吹來是暖和的，兩旁的森林也沒有讓人感到不舒服的過多二氧化碳，感覺是一條很安全的路途。

潘克羅又往四周仔細看，才發現林子外是石壁，他們像是走入一處被岩壁包圍的林子。

烏帕沒有遲疑，她持續往前走，潘克羅也就沒怎麼感到畏懼，繼續跟著烏帕前進。

我們到達時，已經是深夜，烏帕拿出屋子裡的糧食，給我煮了一碗糯米飯，吃飽後，我們就睡在烏帕的屋子裡。

隔天一早，我才發現這座屋子還有許多通道，通道延伸到兩旁，全是儲藏空間。烏帕在那裡製作特殊的樹皮布，那裡也收藏著寫滿資料的樹皮布。

烏帕要我幫她找看看，有沒有描述日夜顛倒或是日夜停滯的故事。

我什麼也沒找到，只跟她說：「這裡有一群仙人去追太陽跟月亮，後來仙人死去，就只有人類回家。」

烏帕一聽，口中喃喃有詞。

她來回在屋子裡踱步，再三思索，她要我跟著她步出屋外。

屋外原是一大片的刺竹林，像是沒有盡頭般。

只見烏帕搬出一綑又一綑的樹皮布，她要我在屋外把樹皮布一卷又一卷攤開，然後將樹皮布一張又一張用繩子串好，烏帕則拿起第一綑樹皮布，慢慢走入刺竹林，她開始吟唱樹皮布裡的故事。

睡醒後的潘克羅吃過果子，真看見烏帕將一綑綑的樹皮布般出屋外，潘克羅趕緊去幫忙，烏帕教他將一張張的樹皮布用繩子串好，烏帕則拿起第一綑樹皮布，走進刺竹林中，隨著烏帕邊唱邊移動，樹皮布開始在刺竹林繞起。潘克羅才發現密密麻麻的刺竹林，是一圈又一圈圍繞著屋子。

烏帕唱起天神的故事，烏帕說起追日月的仙人，烏帕說到人類是如何誕生在世界上，人類又是為何遭遇洪水，人類漂流在海上，人類尋找登陸地點，人類為何分道揚鑣，有的留在平原，有的去到山上……祖先是為何又分開，持續往北方遷徙……人類被迫離開自己的家鄉……。

潘克羅站在屋外，看著聽著記憶著烏帕所說的，同時也感受到有風順著一圈又一圈的刺竹林在吹動，烏帕又講起每個村莊所遭遇的故事。

我跟著烏帕去過許多村莊，那些村子就像我們小時候玩捉迷藏的衣櫃，一直鎖著古老的祕密，又一直擱在那古老的位置。我跟烏帕就像一次又一次舊地重遊，回憶童年遊戲的衣櫃，然後一遍又一遍清點裡頭的東西，誰的骨董嫁衣、誰的禮服、誰的帽子和誰的花環，還有那些哪一年留下的陀螺、一把遊戲用的小木刀、誰遺落的梭子和誰收藏的珠子。

我跟烏帕為那些村莊撢去灰塵，也在刺竹林的屋子內，為那些故事紀錄撢去灰塵，我們整理著那些宛若骨董衣櫃般的村莊，也收拾分類那些彷彿是村莊模型的樹皮布。

潘克羅只去過幾座屋子，但是透過潘德諾的日記，他回想起潘德諾所描述的那些村子，也就對於此刻烏帕所吟唱故事，感到親切，彷彿他真的都已經去過那些村莊，親耳聽過那些村莊所收藏的故事。說故事的人和聽故事者都小心翼翼把那些故事當做珍寶，細心養護在村莊裡，也同時備份在烏帕的刺竹林屋內。

烏帕把故事唱完後，他們費了許多工夫，整理曬過太陽避免蟲蛀的樹皮布資料，也收拾起刺竹林內外的環境。

潘克羅因此發現到一圈又一圈的刺竹林裡，其實有三道出入口，出入口各有大小，方位隱密，以確保樹皮布資料的安全性。

潘克羅不禁佩服起烏帕，在那麼久以前，在原居星球上，因為有烏帕那樣的人才會有那麼多傳說故事被保存到艦隊上，他有些想將烏神星號的事情，分享給烏帕知曉。

潘克羅卻憂心著那就像是打開潘朵拉的盒子，禍從口出，要是影響未來該如何是好。

潘克羅忍住，他什麼也沒說，默默記憶下樹皮布上的文字符號和圖畫，他也利用空檔時間，畫下重要的細節。

等待烏帕又煮起糯米飯，潘克羅布出屋外，他望著一圈又一圈的刺竹林，那是時間的符號，潘德諾日記記載下：

花開花落為一年，每隔四年便會種下一圈的刺竹林，只要數一數竹林的圈數，就可以知道時間。

烏帕等待著糯米飯飄香的時刻，也走出屋外，她望著刺竹林對潘德諾說：「這一圈又一圈的竹林都象徵著一個個村子，每個村子各自保存重要回憶，一村對應一年，大水來臨那年的記憶、最後一個巨人死去的記憶、海怪出現的記憶、村長制度開始建立的記憶、戰爭開端的記憶、戰爭結束的記憶、瘟疫來襲的記憶……。」

第十一章 停滯時空

村長出現的那年，村子早已幾番經歷動盪，好不容易平息下來，村裡的少年少女們都不願意再輕易提起過去的事。

我跟烏帕走過那些依照重要事件當做名字的村子時，烏帕跟我說：「村子的名字也是時間的名字。」

我花了許久時間才弄清楚，這個地方並沒有數字的紀年方式，他們藉故事記憶，發生重要事情的那年就會以該事件命名，這樣跟後人說起，才能清楚判斷究竟是哪一年。

烏帕會吟唱每一年的順序，這樣就有人能夠記得瘟疫年是在戰爭年之前還是之後發生的，除了烏帕以外，村子裡的少年少女和那些猶若神之子般的少女，他們多半只能記清楚幾年間所發生的事。

烏帕所做的工作，便是確保自己記憶力的正確性，她依照著某種規則，探訪著那些以事件為名的村子，所經過的路線似乎也具有某種重要的意義。

潘克羅此時跟著烏帕再度踏上巡視各村的旅途，他想起潘德諾日記所說的，因此更加仔細描繪村子間的路徑與位置。

由烏帕的村子往南穿越，就會經過似乎位於中心那座最古老的村子，繼續往南方靠海的村莊前進，停留在海岸間狹長的平原後，由南邊往北邊走時，烏帕卻是沿著那些靠海的村子前進，漸漸又往有農田的村莊走回北邊，當再度南下時，烏帕會改轉入較為靠山的村子然後往南走……一次又一次，像是逼近山邊，又折回海岸，像是靠近海洋又轉向入森林。

等繞完所有的村子，已經是花開花又落的時間。

潘克羅從沒有在這個世界看過花，他十分好奇，在原居星球上記錄過的花究竟長成什麼模樣。

那看似繞著圈圈，實際上走過不重複的村子，幾番貼近中央，又再度往外擴散，一邊往四方遠去，又轉眼回到平原中心，直到又回返烏帕的村子那是一趟漫長的旅程。

潘克羅思索著潘德諾日記，他絲毫沒有覺得旅途的漫長，而在旅途中，烏帕改變過去的模式，她很常回返自己的村子。至於潘德諾所說的路線，潘克羅的確在烏帕的刺竹林屋子看過，他重新繪製過地圖路線，卻發現潘德諾所經歷的旅途，彷彿是利薩如曲線般的波形圖。

潘克羅深感訝異，烏帕簡直就像是一個特殊沙擺裝置，慢慢晃過那些村莊，晃過的路徑就像是二維簡諧運動所創造出的軌跡，是畫在平面上的利薩如曲線。沙擺離開又返回中心，不斷往北往南，在一個接近長方形的範圍內。

一這麼想，潘克羅立刻意識到的是，誰是操縱烏帕這麼做的人呢？

烏帕自己的動力、烏帕家族流傳下來的使命、烏帕背後真有什麼別的動機……烏帕在記錄傳說，烏帕在村子裡收集傳說，烏帕吟唱傳說避免村子遺忘傳說，傳說就在那烏帕所行經的範圍內，持續著……潘克羅想著想著，他突然間脫口說出：「利薩如軌道。在不穩定的動態狀況下，以利薩如曲線般維持穩定住軌跡。」

「看來，這裡的確產生變化，有些村子是原有的，有些村子是之後出現的，為了維持平衡點，避免干擾，所進行的……」潘克羅低語喃喃。

他想到阿珮他們所擔憂的事，他回憶潘德諾所說過的古老傳說：那時有五個人還是七個人漂在海面上，一個變成太陽，一個變成月亮，一個翻過山去，一個成為誰的祖先，有的兄妹結婚，有的兄妹反目成仇，一個去了山上，一個留在平原。

「村莊的確經過多次變動。」潘克羅喃喃邊說，邊在自己的日記裡，留下紀錄。

烏帕走著走著，卻遲疑起了腳步。

「發生了什麼事？」潘克羅也被失去冷靜的烏帕嚇了一跳。

烏帕茫然且慌張望著眼前的路，她竟然分不清楚此時此刻該朝左前方走，還是右前方走，「突然出現了莫名的交叉點。」

潘克羅往前看，他也發現原本記錄在地圖上毫無岔路的地方，竟憑空多出其他的路，「這是怎麼一回事？新開的道路？」

潘克羅直搖頭，他難以置信，他又定睛一看，才覺得右前方的道路似乎有些透明。是動態干擾？是殘影？憑藉著長期在宇宙航行的知識，潘克羅暗忖著眼前事態，內心暗自覺得不妙。

烏帕花了些許時間觀察，她幾經判斷後，選擇左邊道路前進。一路上，他們繼續遇到其他莫名出現的交叉路口。在那些交叉路口裡，有的一半掛著太陽，一半掛著黑夜星空。有的交叉路口則一下子清晨，又一下子黃昏。有的交叉路口顯現渾沌不明的狀態。

有了幾次經驗，烏帕跟潘克羅已經能快速判斷道路真偽，他們趕緊奔向原本預定造訪的村莊。

烏帕穿越古老的岩塊，眼前所見的是箭竹林村莊的古老少年少女們。他們連話都沒辦法說了，他們一個個坐在屋外，他們焦慮望著太陽和月亮同時明亮在天空的景象。

烏帕旋即離開箭竹林村莊，進入青剛櫟樹村莊時，那裡的少年少女們則像熊一般行走在村子裡，他們吼叫，他們示意烏帕離開。

烏帕又領著潘克羅經過一座冰封的村子，少年少女們不在屋內躲避冰雪，卻在屋外像往常一樣處理著剛狩獵完獲得的獵物。

烏帕帶著潘克羅到達海邊，那裡的村子總算沒有異樣。

潘克羅望著比海岸還高的海浪，一次次撲向岸邊後，又回到海洋中心點。

「陸地原來看起來比海還低。」潘克羅拖著一身疲累，望著他從來沒有機會接觸過的海。那是在艦隊上，完全毫無機會可以真實碰觸到的原居星球自然景象，除了艦隊上的錄像，他過去並沒有體會過真實的海洋。

烏帕難掩心中的焦慮，她望著溪水的登陸點，她告訴潘克羅說：那裡也有過一座暫時的村子。

那座村子裡的少年少女們早已不復存在，就像阿福的村子一樣，突然間消失了。

烏帕由最外圍的海邊村莊路線，又繞回了山邊莎瑪的村子。

莎瑪一看見烏帕到來，急忙便奔出村外。

「他們回來了。」莎瑪上氣不接下氣，慌慌張張說著：「村子現在就移到離過去村莊的不遠處。」

烏帕趕緊帶著潘克羅從莎瑪的村子，溯溪上山。

這時，已經沒有日夜的差別，我和烏帕無從得知究竟已經過了幾天幾夜，我們由海邊向山林走去時，幾乎沒有休息，就只是偶爾在榕樹下喝口竹筒裡的水，有時僅喝露水，我們連竹筒的水都沒裝滿，便又動身出發。

那是一整面岩石嶙峋的大峭壁，烏帕幾乎不敢置信，路就那麼消失了。

我默默想起古老傳說，也想到遠古的地貌肯定跟後來的世界不一樣。

很可能是這個世界的時空出現問題，要不然，我也不會在此代替潘德諾。

既然是因為某種干擾所造成的，原來的跟後來出現的，也許相隔不遠。

我因此要烏帕別擔心，我簡單跟她說明：那也許是以前的地景，而我們只需要找出現今的地景。

烏帕暫時放下心中的恐懼，她開始吟唱歌曲，她從歌曲中的回憶找出適合攀過眼前障礙的路徑，沒多久便重新找回她熟悉的道路。

潘克羅一路記錄著所見所聞，漸漸他分不清他手中和他腦海裡的日記，哪一部分是潘德諾日記，哪一部分才是自己的經歷。潘克羅真宛若是潘德諾那般，一步一步深陷在烏帕的世界。

烏帕好不容易帶著潘克羅到達阿福的村子，眼前所見，是阿福一行人彷彿才剛翻山越嶺到達山的東邊。

烏帕輕喚一聲，「阿福。」

立刻有名少年像狼一般，衝到村口外。

一名少女立刻喝斥少年退下，少女帶著跟烏帕相似的微笑，緩緩步出村外。

少女對烏帕和潘克羅吟唱一番，才邀請他們進入村莊。

烏帕被眼前景象震懾，眼中的村子並不是她記憶的模樣，阿福他們也彷彿不認得她，她內心激動，幾乎無法言語。

「請先休息吧。」送來糧食與衣物的少女，名喚巴奈。

潘克羅聽見一開始邀請他們進來的少女，叫了巴奈的名字。

潘克羅還聽見那名像狼一般的少年，被喚做阿通，而那名微笑猶如烏帕的少女則名叫阿雲。

潘克羅休息後，便步出屋外。他看見村裡有少女用切一半的小米，竟然就煮出一大鍋的米。

潘克羅還看見有兩名少年點著柴火，把沒有日夜的村子照得明亮。

潘克羅還看見一些透明的少年們整裝出發後，他們揹起獵具，說要出發去射太陽。

阿雲身著禮服，她緩緩靠近潘克羅，她禮貌詢問客人，「你們是住在哪裡的人呢？」

「北方。」潘克羅有些不知所措。

「你們是為何來到這裡呢？」阿雲又問。

潘克羅思前想後，想起了更南方山林裡的傳說，「我們聽說了母親那邊祖母的事，所以想去母親那邊祖母的家裡看看。」

阿雲點點頭後，忍不住感嘆說道：「海嘯讓大家疲於奔命啊。」

「海嘯？」潘克羅納悶著。

「大水時常吞噬村子，我們後來搬到山上，又從山上慢慢往平原走，水來了，我們只好又退回山上。」阿雲答。

潘克羅不禁低下頭思索：這裡何時出現過海嘯？傳說中的大海嘯，真的會把這些地方淹沒，只剩下高山……。

潘克羅不禁打起冷顫，感到海水變幻莫測的恐懼。

阿通恭敬請阿雲去主持會議，阿雲要潘克羅多在屋內歇息，便去赴會。

潘克羅謝謝主人家的熱情招待後，就在村子裡閒晃，他發現村中的少年少女都去開會了，驀然間便對會議感到好奇，他從不知道那些村子在屋內所進行的各種活動，只因烏帕總是要他在外頭等。

此時，身為少年的潘克羅，真若童心未泯，他等眾人進入屋內後，才偷偷依在窗邊，想要一瞧究竟。

屋內的人全都安靜靜坐著，圍著篝火，就像夏夜露營在野外模樣。

他們唱起一段歌曲，他們平靜下焦躁的心，一群人全盯著篝火，好一會兒才有人發聲。

他們討論獵場的問題。

他們說明水源的事。

他們講起古老祖先的故事，又說美女能平息海神的怒氣。

他們唱起一首接著一首的歌。

那屋子裡有星星，潘克羅寫起自己的日記，又回想起潘德諾的日記。他因此發現那屋內的空間相似於屋外景致，屋頂墨黑，並且有光點若星點透出，隱約有蟲鳴，還有樹葉在風中搖動的聲響，以及草叢微微的沙沙聲，他們一群少年少女們嚴肅吟唱著談論著，似乎正在面臨重大決定。

潘克羅返回屋內，烏帕已經從沉睡中甦醒。

烏帕望著潘克羅，她臉上再也沒有半點笑容，「有事情發生了。」

「什麼事情？」

烏帕搖搖頭，「我一點頭緒都沒有。只知道村子正在變動，那代表有事情發生了。」

「事情是好是壞？」潘克羅問著。

「我不清楚，事情就是改變了。」烏帕指著屋外，「這是阿雲的村子，這裡是巫師忙碌的季節。」

「他們在屋內只是在談論大水的事。」

「那就是最糟的情況。」

潘克羅搖起腦袋，他一臉不解。

「這裡並不是屬於大水的村子。」烏帕解釋說。

「但事情被改變了，對吧。」

「的確如此，時間都被改變了。」烏帕不禁低頭祝禱。

「只有妳才記得時間。」

「恐怕真是如此。」

「村子不再記住屬於自己的時間，那表示時間出了問題。」潘克羅似乎明白了，「這下我們該怎麼辦？」

烏帕仍舊祝禱著。

潘克羅不禁更加憂心，「這世界難道會消失嗎？是跟我的來到有關？或者，這世界本來就被什麼所干擾，導致有種種異象……他們得被迫離開，就像艦隊上的人類一樣嗎？這裡的人又可以搬去哪裡？那麼多少年少女們，那麼多個村子，他們要坐船嗎？他們會像祖先那樣，再度漂流至海上？」

第十二章 巨人傳說

屋內的會議好不容易結束，一大群人才剛步出大屋子，便聽見村外的騷動。兩個巨人竟然在村外的門口打架。

潘克羅第一時間就衝出屋外瞧，他簡直不敢相信自己的眼睛。那是貨真價實的巨人，大概有三、四個人那麼高，不，可能更高，那兩個巨人正在大打出手，一伸手就拔起樹木，胡亂往對方身上砸。

「怎麼就在別人家門前打起來了。」阿福直嚷著。

「快叫別的巨人來幫忙。」有少年喊道。

「這不是我們這邊的巨人，叫我們這邊的巨人去勸他們兩個離開。」又一少年說。

「巨人們還在生氣，他們想要跟海神一樣，他們要漂亮的少年跟少女。」阿雲揮揮手，要大家先別緊張，得試著冷靜。

不一會兒，村外林子裡竄出兩名巨人，沒說什麼就把村外兩個陌生的巨人給打跑了。一名巨人趕走陌生巨人後，自顧自的沿著溪水回到山林裡，他腳下瞬間踩踏出窪地，又踩出平臺，他還踩出許多池子，漸漸就消失在溪谷間。

另一名巨人不知為何停留在村外，他左顧右盼，終於開口，「是時候該離開了。」村子裡的人一聽，全都悶不吭聲。

「我得帶些少年少女們離開。」巨人又說。

「你要帶少年少女們去哪裡？」巴奈像是早已知道巨人的來意，她又急又氣問道。

巨人朝村裡那微小的身影來回瞧了幾次，「妳也要跟我一起離開。」

「我不離開。」巴奈生起氣來，她轉身就進了屋子。

巨人直跺腳，「聽著，我會帶著少年少女離開，我還要那個少女，她必須跟我走，跟我一起度過那座海洋。」

巨人說完，氣憤踩踏著腳步漸漸走遠，他身後的地面，全都被踩得一邊高一邊低。

村裡的少年少女們明瞭巨人所提出的要求後，全都很害怕，他們紛紛提出要求，說要出發去找尋他們熟悉的那些巨人，並且請求那些巨人們的幫助。

阿雲占卜過後，少年們出發，約莫小米煮熟的時間，少年們就帶回許多大概約莫兩個人高的巨人。那些巨人因為有著人類的母親，因此都十分和善，他們在村子裡小心翼翼坐下，然後安靜聆聽村人們的請求。

「母親祖母家裡的人啊，請不要擔心，我們得先填飽肚子，才有力氣想辦法。」一個巨人說完，便起身，他向著村外走出去沒多久，便帶回一些獵物。

村裡的少年們連忙分配獵物，村裡的少女們則忙著烤熟獵物。

躲在屋內的巴奈看見了，她拿出自己屋內的穀物，想分給巨人，說是謝禮。

就在那瞬間，巨人們全都覺得巴奈竟是如此美若天仙，巨人們轉身離去，又各自帶回許多獵物。

烏帕也瞧見村子裡的混亂，她對潘克羅說：「這個世界早就沒有巨人了。」

「是時間的問題，時間全亂了。」潘克羅說著。

「時間也跟這村子裡面臨的難題一樣，全都亂成一團，怎麼這裡憑空便出現巨人的時空。」烏帕又微微指向屋外，「那兩個是這村外的巨人，後來因為跟別村的巨人打架，所以才受傷離開的。還有那兩個守在門口的，原也是別村的巨人，他們愛慕別村的少女，導致少女病死，後來一言不和拿巨石砸得到處都是。還有那個最高的巨人，他原本長的更高大，他身上抖落的塵土都可以化做山脈，因為妻兒意外過世，他悲傷的淪為小偷。」

村裡的人看見原本和善的巨人們怎麼就心浮氣躁起來，他們愈發感到驚慌失措，他們望著逐漸堆成小山的獵物，他們懇求巨人們千萬不要帶走巴奈。

巴奈內心更加恐懼，她見巨人們愈聚愈多，為了不給村子添麻煩，她便一個人偷偷由刺竹林預留的水門出去，不叫任何人發現。

直到阿福去叫巴奈吃飯時，眾人才發現巴奈早已沒了蹤影。

村子裡的少年少女們都哭了，巨人們也很是自責，他們叫村裡的人備好芒草，用芒草當箭，那些兇惡的巨人們便會離開。

阿通只一心擔憂著巴奈的安全，潘克羅發現阿通一人正要從水門溜出村外，也就跟著走出村子。

阿通不時蹲下身子，他查看著往來村莊的腳印，他還留意著身旁植物的枝葉……他漸漸嗅聞到空氣中另一個人的氣味。

「別跟著我。」阿通發現潘克羅躲在他身後。

「你不能一個人去。」潘克羅說。

「巴奈會有危險。」阿通轉身，執意往前走。

「那麼我跟著你，若是有危險，也許我可以為你們通風報信。」

阿通不再多說什麼，他轉身，也沒有搭理潘克羅的意思，持續往林子盡處尋去。阿通十分謹慎留心著各種訊息，他慢慢又嗅聞到空氣中，有另一股氣味，那是一股淡淡的百合花香。

潘克羅則緊跟在阿通身後，他自己留意著沿途的指標，他專心記錄著幾步路出現的榕樹，幾步路出現蕁麻叢，左手邊有石菖蒲，不遠處的小桑葉等等。他留心到石塊傾倒的方向，他注意到林徑裡的太陽高低位置，他還聽見溪水聲。

只見阿通急忙似一陣風颸走，轉眼就落在山澗邊。

溪水嗚咽著，巴奈也正嗚咽著。

「妳為何一個人在這裡？所有人都在為妳想辦法。」阿通又是心疼又是生氣的說道。

巴奈一個人不理會阿通，只是默默啜泣著，好似一朵垂頭喪氣的百合花矗立在溪邊。

「巨人們都走了。」潘克羅低聲說著，「別哭了。」

巴奈這才仰起頭，望著潘克羅，「他們離開了。」

潘克羅直點頭。

巴奈這下哭得更加肆無忌憚，就像瀑布般。

阿通趕緊要巴奈止住哭泣，「現在可不是哭的時候，那些親戚般的巨人們離開了，可是還有兇惡的巨人。」

巴奈趕緊摀住自己的嘴巴，直任眼淚撲簌簌流著。

「但妳別怕，那些善良的巨人們說，只要用芒草就可以對付那兇惡的巨人。」阿通說。

「我們去採芒草好嗎？」潘克羅提議。

巴奈想了又想，好不容易打起精神。

村內的眾人備好芒草，就等著高大殘忍的巨人再度出現在村口。

巨人果真搖晃著龐大的身軀，緩緩一邊穿越起樹林，一邊咆哮喊著：「我的少年少女呢？我的少年少女呢？」

村子的人默不作聲，只等巨人接近。

「我的少年少女呢？」巨人大吼。

村裡的少年趕緊投擲芒草，射出芒草，拿著芒草直往巨人腳邊猛揮。

巨人果真害怕芒草，連聲喊痛後，便往海的方向逃去。

第十三章 村子以外的村子

潘克羅走出森林，跟著阿通和巴奈在芒草草叢中穿梭，他們摘著又粗又尖的芒草，想像芒草能像弓箭一般被射出。

他們還撿拾林子邊的樹枝，想利用木頭做輛大推車。

巴奈一心想儲存很多很多的芒草，她內心總是感到恐懼，她想用無數的芒草，以防止那些巨人們再來鬧事。

潘克羅在林子邊找尋圓木頭的時候，開始注意到，像是結界般引導的石塊，忽然消失在林子裡。

潘克羅有些擔憂，他又不想引起同伴的恐慌，他只是邊找尋木塊，邊找看看出路。

望著成堆的芒草已經固定在推車上，阿通對巴奈說：「是時候，我們也該回村裡去了。」

巴奈還是很憂心，她望著一整車的芒草之後，又順手摘了許多之芒草抱在懷裡。

阿通看了，忍不住搖頭，他推起推車，潘克羅也幫忙推車，巴奈走在阿通身旁，給阿通指路。

潘克羅發現，巴奈跟阿通並沒有受到路徑消失的影響，他們三人推著沉重的芒草堆，正在穿越芒草叢。

一路，他們沿著溪邊的平地走，那裡雖然沒有石塊沒有樹木可以做為標記，巴奈跟阿通卻還是熟門熟路走著，他們不時說說笑笑。

直到山路漸漸變陡，他們三個人改拉著芒草走，仍然沿著溪水向山上前進。

走著走著，巴奈停下腳步，怎麼也辦法再往前走了。

「發生什麼事？」阿通急問。

巴奈指著眼前，「這裡是哪裡？」

潘克羅仔細一看，前方的村子好似塔魯曾帶他去過的村子，然而無論是距離還是位置，那樣的屋子怎麼可能出現在眼前。

阿通立刻像隻狼警戒起來。

潘克羅望著眼前的用木頭、竹子和蘆草所搭起的幾間屋子，心中不免擔心村內所養的獵犬。

「在這裡停下吧。」阿通示意將車子固定在山路上，他們仔細觀察是否有能通往自己村子的道路。

潘克羅則躲在草叢裡觀看，他發現那屋外有半透明的少女們在舂米，屋內則隱約有眾多的少年們像是在議論事情。

潘克羅在附近林子間挪動身子，他找到能眺望的高處平臺，便小心匍匐在高臺上，以便偵查道路山坳處的村子。

一間大屋子和三間小屋子後，那裡有幾間半穴居的屋子，屋子下半部由石板組成，模樣跟前方的屋子大不相同。那半穴式的屋子走出來的少年們也是接近透明著，他們穿越過竹木所搭成的前方大屋子，他們在少女們舂米的不遠處，宰殺起一尾尾捕撈到的溪魚，那些魚身上彷彿有藍光。

藍色的魚？潘克羅不免心中疑惑。

在不是海邊的山林裡，吃著貌似海魚的溪魚？潘克羅思索。

他思前想後，總不會是時空扭曲，那些少年們一眨眼就能到達海邊，也就能捕到海魚……。

無論潘克羅怎麼想都覺得古怪，他只好放棄探尋藍色魚的故事。他專心致力在找尋能繞過這兩個重疊村子的道路。

竹木所搭的大屋子裡正密謀著一件大事，一等會議結束，屋子裡便衝出許許多多的少年們，他們口中嚷著契約，他們不斷叨念著新跟舊的問題，他們吆喝著，越來越多的少年們從大屋子裡走出。

半穴居裡的少年們一走出屋子，就喊叫著要入侵者永遠都不會想再靠近這座山林一步，他們敲敲打打說要攻擊什麼樣的村莊，要毀壞那些水田，要把旱田都種滿他們自己的土地。

潘克羅是愈看愈迷糊，怎麼就一言不合都說要打仗了，這下該怎麼辦。

他趕緊跑下平臺，告知阿通與巴奈，他們三人一起將芒草車藏在樹林間後，便一同躲在能眺望的天然岩石高臺上，決定一窺究竟。

兩個村子裡的人喊著，唱著，附和著，宣告著，少年們搬出許多弓箭和石塊，少年們在村子裡吶喊著……。

「我們會因此遭受危險嗎？」巴奈問著。

「危險的是村莊，他們究竟要去哪裡？」阿通焦慮著。

潘克羅所想的是，如果是時間扭曲所重疊的景象，那麼那些少年少女們不過就只是過去的錄像，是已經發生過的事，也就是他現今走下去，也應該不會遭遇到不好的事。

究竟會有何後果……潘克羅真走下去了，阿通沒能拉住他。潘克羅怎麼就像隻猴子自在穿梭起森林，就連他自己也不知道是何時，他已經習慣在這個世界生活的方式。

潘克羅走進村子，兩個村莊半透明的少年少女們都沒看見他。

潘克羅繞過那些準備出發的突襲隊，那些少年們也沒感到任何東西正在經過他們的身體。

四周都有果實成熟的氣味，那應當是秋收的季節。

少女們準備儲存好糧食，少年們則以小隊的方式步出村子，他們的目標似乎不只一處。

潘克羅跟著其中一支小隊，那支小隊走沒多久就埋伏在稻田邊，等待收割的人一接近，少年們把正準備收割稻米的少年少女們，也給收割了。

潘克羅目睹一切嚇壞了，他急忙跑回那奇怪的大村子，途中遇見另一支小隊的少年們則埋伏在山路旁。

潘克羅就在山路邊，他發現有別村的少年們正在接近中，潘克羅跑過去示警他們不要前進，但那些身形半透明的少年們根本看不見潘克羅。

潘克羅繼續往回走，又遇見一隊別村的少年們，他們先敲打吶喊示警，埋伏在山路邊的少年們卻沒有回應，別村的少年們只好掉頭離去。

潘克羅穿梭在那些預備襲擊的少年們，感到詫異、恐懼又無奈，他默默走回高臺，卻怎麼也找不到阿通跟巴奈。

這下，潘克羅完全迷失在一個奇異的時空中，週遭竟沒有相識的人。

他們拿出弓箭見人就射，他們似乎在躲避什麼危險。

他們全都像是驚弓之鳥，他們沿途詢問敵人經過的路線。

他們身上揹著武器，他們遵守著某種約定。

他們反擊。

他們感受到敵人步步進逼。

他們向路過的人打探仇家的消息。

他們試圖維持祖先的獵場。

他們向世仇承租土地。

他們把土地租給討厭的人。

他們開墾的田地似乎讓山神怒吼。

他們原本生氣盎然的土地。

他們荒蕪的作物。

他們棄村。

誰在後頭追擊著。

潘克羅想起潘德諾日記上的字句，他漸漸理解到眼前所見的死亡事件，那看似野蠻的行動裡，逐一透露著某種文化訊息，也說明過去生活的時刻威脅，演變以危險的方式去抵抗更為殘酷的天災與疾病，只為求得短暫安穩的日子。

潘克羅孤單在陌生的時空中走著走著，他覺得腳步愈來愈重，他的頭有些暈，他扶著岩壁，把身子靠在山溝邊，他拉起身邊的枝葉遮掩，慢慢睡去。

那又是一座竹木所搭的村子，潘克羅在一間屋子內，透過明亮的出入口，一眼就望見村子裡的情形。村內有好幾艘船，眾人似乎談論著要離開，幾名少年剛打獵回來，他們說起村外疾病蔓延的情景。

村子裡的人開始準備搬遷事宜，有少女在出入口外，向潘克羅探問：「你要跟我們一起離開嗎？」

潘克羅搖搖手，村子裡的少年少女們揹起糧食，裝載器具和美麗的瑪瑙珠子，另一群少年們揹著獵具扛著船，他們一個接一個離開。

偌大的村子裡，只剩下潘克羅，他身邊有幾管竹筒的水，還有幾團糯米飯，他好不容易打起精神，喝起竹筒裡的水，水是寒涼的，像刀子一般割過潘克羅的喉嚨。

潘克羅從未生病過，艦隊上的病毒和細菌都被小心翼翼儲存著，他們以疫苗的方式刺激人體的各種免疫力，那打完疫苗後的發燒，或許就很像是生病的模樣。

潘克羅邊喝水邊咳嗽，潘克羅感覺到鼻腔裡有什麼正在流出，那是水又不是水的液體，正盛載著這個世界的病毒和細菌，潘克羅身上並沒有隨身攜帶免疫藥物，他感覺自己此刻的頭相當沉重暈眩，讓他隨時都可能失去生命。

潘克羅又睡去。

當他再度清醒，村子裡又滿布陌生的人，有的人看的見他，有的人看不見他，能看見他的，多半是村子裡很像是公主般的少女祭司，她們會對著潘克羅唱歌，她們會同他說話，她們說：得在下次危機來之前，前往安全的地方。

潘克羅闔上眼，他想起祖父說過艦隊匆忙從原居星球逃走的事，他忍不住嘆口氣說著：

「得前往安全的地方……」

不知道躺了多久，潘克羅漸漸覺得自己的身子恢復輕鬆的感覺，他的頭不再隱隱作痛，他的肌肉也不疼了，身體溫度恢復正常，手腳也重新拾得了力氣。

潘克羅緩緩撐起身軀，他慢慢走向屋外，他拿起一個竹筒塞入腰帶，他望著晴朗無雲的天氣，決定要靠自己的力量，走回烏帕的村子。

第十四章 霧中的自己

潘克羅試著在林間，找尋能填飽肚子的果實，他看見些藤類植物，他瞧見像極了莓果的果實，他也看見一些小小綠綠的瓜果，他也見過小顆小顆像番茄的果實，他驀地發現山羌，一向容易受到驚嚇的山羌竟然全然不畏懼潘克羅，潘克羅直跟著山羌挑選著能夠食用的果子，胡亂吃完，便又動身去尋找出路。

精靈會引誘生病的人，還是那些在家中睡覺的人，他們以為自己正在做夢，結果卻走進真的森林，踏在活人遠離的戰亂草埔地上，他們舔著泥土，他們挖著大便，他們吃昆蟲的腳，他們滿嘴野草，直到有人找到他們。

潘克羅剛痊癒的身子仍舊疲累，他挨在一棵榕樹下休息，正大力喘著氣。一陣大霧或許是由海的方向吹至，那暖熱的溼氣撲過潘克羅的鼻子，讓潘克羅不禁覺得好些。他急忙就起身，想往大霧中走去，忽然間一道人影著實使他當場愣住，他一動也無法動，只能看著那人影在動，人影往他走來，又像是漸漸走遠，那是他自己，是另一個他，或者該說是一個長的很像的人，一樣穿著烏帕村子裡那少年服裝的人。

潘克羅起初是嚇壞了，他看見他自己。

他搖晃起腦袋，心想：霧又不是鏡子，怎麼會看見自己。

那麼他是遇上了自己？潘克羅微微又搖起頭來。

他勉強撐起身體，他緊緊靠著樹幹，把身子挪動站立，他直看著霧中的自己好像也迷路了，他不禁想走過去，他就是想走過去看清楚那個人的長相，那個少年，那個穿著烏帕村莊衣物的少年，那個人是誰。

潘克羅好不容易穩住了腳步，他直往大霧裡走，那霧中的身影則離他愈來愈遠，潘克羅驀地大叫：「別跑，請等等我，等等我。」

暖熱的霧氣就像是海水迎面打來，一陣暖濕後，風吹過，又是一陣冰寒。

潘克羅忍不住哈啾，他一打噴嚏，原本眼前清晰輪廓的人影就只剩下灰黑色的背影，那少年像是飄走了。

潘克羅摀著鼻子，仍舊不死心，他還是往前追去。

「別走，等等我，等等我。」

就在潘克羅直朝白霧裡，想要抓住少年時，有另一隻手及時抓住了潘克羅，那人直朝著潘克羅大喊：「小心，那可是山崖。」

彷彿有人吹奏起葉子，讓樂音隨風飄盪……潘克羅那時才漸漸清醒。

「你沒事吧。」一名少年問起潘克羅。

潘克羅緩緩從草地上坐起，西邊仍有黃昏的餘暉把天空燒得一片紅。

海岸的天空早已墨黑，有一絲一縷的白雲飄過。

站在不遠處的少年像是在張望，他身旁還緊跟著一隻獵犬，獵犬轉頭望見了潘克羅。

潘克羅急忙起身，他看著眼前的四名陌生人，一時間也不明白究竟發生過什麼事。

一直待在潘克羅身邊的少年詢問：「你醒了吧。」

「這裡不是說話的地方。」一旁的少女急著發話。

「我來自北方的村子，我迷路了。」潘克羅決定坦白。

「真巧，我們也住北方，但我們肯定不是住同一個村子。」另一名少女說。

潘克羅看著他們一身紅紅白白的裝扮，也知道他們跟烏帕並不是屬於同一個村莊，還有那隻有著凶狠目光的獵犬，他心中瞬間就浮現塔魯說過的特卡茲的事。

「我叫阿朗。」待在潘客羅身旁的少年又指著一旁的少女說：「她是阿枝，另一位則是艾依。」

帶著獵犬的少年走近潘克羅，他身旁的獵犬仍在原地警戒。

「我是阿浪，你怎麼一個人在這裡。」

潘克羅不知從何說起，他微微搖起頭。

「事情變得古怪。」阿浪又望向山邊，「迷路了，是吧。」

潘克羅點點頭。

「我們也迷路了，一整天在這附近繞來繞去，也沒理出頭緒。」阿朗說。

「幸好遇見你，阿朗顧著想救你，我們才得以走出那座奇怪的林子。」阿枝說道。

「那真是突如其來的大霧。」艾依一想起，就直打哆嗦，「要不是看見你踉踉蹌蹌直往前走，阿朗急著救你，我們也無法衝出那座林子和那場大霧。」

艾依說完，便繞著潘克羅打量一圈，「說也奇怪，那時候的你，身上怎麼會發光。」

潘克羅直搖頭，他滿臉不解。

「是藍色的光，對吧。」艾依轉頭問阿枝。

「我看到的是人影。」阿枝說。

「也許是聽到了聲音吧。」阿浪指著阿朗說：「他的嗅覺最是靈敏，他肯定是聞到味道了。」

「那也許就是一線生機，原就我們四個人在裡頭繞，想說有另一個人了，無論如何得跟著走。阿朗應該也是這樣想著，這才救到了你。」艾依說。

潘克羅總算聽明白，眼前的四個人也是迷路後，才會誤打誤撞救了自己。

「謝謝你們。」潘克羅向四名少年少女誠摯表達謝意。

少年少女們頓時有些覺得靦腆，他們環顧四周，催促著潘克羅。

「你還能走吧。」艾依說。

「我們得去尋找過夜的安全地點。」阿枝說。

「有人。」阿浪說完，原本跟在他身邊那隻守衛的獵犬，立刻奔回到他身邊，他直對獵犬說：「好孩子，你也察覺到了。」

阿朗立刻帶著少年少女們避到離溪水較遠的林子裡去。

「那些人準備去較遠的地方。」阿浪邊走邊說。

「那我們現在安全了嗎？」潘克羅問完，發現阿浪越走越往山邊去。

「起碼，知道我們跟他們不同路。」阿浪回答。

「你知道那些遠來的人想去哪裡？」潘克羅不禁感到訝異問道。

「帶著水出現在這山腳下，鐵定不是去山邊，定是往海邊去。」阿枝答。

阿浪點頭，他的獵犬以往山腳下的林徑裡竄。

阿朗回頭看潘克羅說：「小心點，這些路彷彿自己長了腳，全都到處亂竄。」

阿浪一直留心沿路的地形，他時而攀爬樹枝，時而登上岩塊，好不容易才對阿枝示意，此地似乎適合紮營。

阿枝於是仰起頭，她全心專注聆聽起環境的訊息。

眾人此時都屏住呼吸，等待著阿枝帶給眾人好消息。

「沒有問題。」阿枝終於開口說出眾人期盼的答案。

阿浪放下心，彎腰低頭便開始撿拾林子裡的樹枝，想生起篝火，警示森林裡的野獸。

艾依忙著撿拾乾淨也乾燥的落葉，圍著篝火撲了一圈，阿枝坐在枯葉堆中，阿朗則揹起獵具，往臨近的樹林走去。

沒多久，阿朗拎著一隻瘦弱的獵物，艾依熟練把獵物處理完，他們把獵物一小部分的肉放在新鮮翠綠的葉子上，由阿朗獻給森林裡的神靈。

每個人都吃了一小口的肉，喝著夜裡的露水，等待著星星都將越過頭頂，墜落在山林時，遠遠一陣騷動。

阿浪立刻熄掉火光，星夜下森林白得發亮。阿浪立刻攀到岩壁上的平臺，朝遠處望，那是一隊人馬正在圍捕另一隊人馬。

潘克羅也跟著爬上不遠處岩壁上的平臺，他看見從溪邊往山腳下進攻的帶頭少年，不正是帕娜村莊裡的阿生。而從山腳下往溪邊入海口走去的那群少年，帶頭的正是阿通。阿生的隊伍試著包圍阿通一行人，阿通仗著地勢的優勢，正準備長驅直入攻擊阿生的隊伍，他們就在不遠處的草叢裡打了起來……忽然間……阿浪也瞧見了，他轉頭望一眼潘克羅，潘克羅也看見了，阿生那群人怎麼就一個一個消失在草叢裡。

阿通那群人也發現，他覺得事態不對勁，轉頭就往山腳下跑。

阿通他們的速度很快，沒多久就跑向山邊的村莊，他們在村外待著，沒敢隨意進別人的村子，他們就躲在刺竹林外，他們一回頭，卻看見有藍色的光在草叢裡繞，彷彿在找尋什麼。

阿通他們不敢大意，全都不敢輕舉妄動，他們在刺竹林邊等待，直到那些藍色的光都消失在不遠處溪邊的草叢後，他們沿著山腳下的林徑，才慢慢往南走，像是預備返回自己的村莊。

潘克羅和阿浪看見阿通一行人走遠之後，他們才慢慢爬下平臺。

「都沒事吧。」阿朗問。

阿浪直搖頭，「溪邊那裡死傷慘重。」

「那群莫名其妙從山腳下那邊衝出來的人呢？」艾依問。

「他們都回去了。」阿浪答。

「發生了什麼事？」阿枝似乎感到有些不祥的氣氛，「好像有什麼怪異的……」

「藍色的光？」潘克羅緩緩吐出幾個字。

「那真是太可怕了，那藍色的光把溪邊的那群人一個一個變不見了。」阿浪驚魂未定，他按著自己的胸口，好不容易才能繼續把話說完，「像是野獸，藍色的光一口一口吞掉溪邊的那群人。」

「藍色的光還追擊另一群人。」潘克羅說。

「藍色的光？」艾依翻個白眼，「怎麼又是藍色的光，到處都是那詭異的光。」

第十五章 對抗

天漸漸明亮，山林看起來恢復平靜。阿浪一行人照著既定的路程，他們得翻過山，回到祖先原來居住的地方。

此刻，他們卻站在世仇的村莊前。

「裡面一個人都沒有。」阿朗說。

「他們的船還沒有回來。」艾依說著。

「那些船隻早晚會害死他們。」阿浪說。

疾病是許多村莊共同的記憶，船隻帶來許多珍貴的物品，也同時運送給人類厄運，有些村子無法抵擋，他們得離開，選擇遠遠離開。

潘克羅憶起潘德諾的日記，他暗忖著艾依他們所說的事，應該是指村子與外人頻繁接觸後，因此感染外人所傳入的疾病。

阿枝催促著大家離開，她加緊腳步，「我們得沿著溪谷，在那些發現被越界的村子醒來之前，盡快通過那些他們征戰已久的土地。」

潘克羅因此跟阿枝他們分道揚鑣，他得繼續沿著狹窄的平原往北邊走，他記得潘德諾日記裡的地圖，也默默記下烏帕要他畫出的那些村莊位置圖。

一路，他穿越起日與夜的時空，在傍晚時分又看見海岸邊莫名出現的藍色光點，他保持靜默，將自己藏在高處的草叢堆中，直到天空再度明亮，他步伐加快，在路途沒有變得更遠之前，盡速回到烏帕的村子。

此時，村子裡卻到處都亂成一團，阿珮急忙把倉庫裡的穀物重新曬在屋簷下，阿高反覆提過一甕又一甕，一連好幾甕的海水，塔魯焦慮帶著弓箭進出村子，就連烏帕也心神不寧，她看著快速上升又下降的日與月，她心中默默開始祝禱。

「必須要詢問祖靈的意見。」阿珮要阿高把海水一甕甕全放進烏帕的屋裡去。

烏帕試著用海水，一次接著一次，她得讓自己的心漸漸冷靜，才能夠看見祖靈的意思，也才能聽明白祖靈的話語。

村子卻不像一往保持冷靜，許多人揹起弓箭預備獨自離開村子。

水牛少年徘徊村外，像是在等待什麼人到來。

潘克羅剛回到村子，村裡的人忙，沒有人關心他過去幾天的遭遇。他自己也霧裡看花，絲毫不明白村裡的人正在做什麼樣的打算，匆匆的腳步聲下，他只聽見刺竹林裡有奇怪規律的聲響，直喀喀喀後，又停止。

村裡還有幾名原本沒有名字的少年少女，他們突然叫出自己的名字，他們顯得很憤怒，他們急忙想要往村外衝去。

水牛和一群少年少女們急忙攔住那些莽撞的少年少女們。

「他們根本不知道自己是在跟誰對抗。」水牛說。

烏帕在一陣吵雜下，也按捺不住，她撐著疲累的身軀步出屋外，急忙見人就問：「這陣子，還有誰失蹤過？」

阿珮把穀物放下，她趕緊去攙扶看起來有些虛弱的烏帕。

「我們不能讓烏帕累倒。」阿高急忙護衛起烏帕，他焦慮的左顧右盼，彷彿會有什麼東西突然現身，然後攻擊烏帕。

烏帕還是執意在村子裡面繞，「這陣子，誰出過那座刺竹林？」被烏帕問到的村人們，不再像以前那般對烏帕行禮，他們不屑一顧走過烏帕的身邊，他們急著帶走自己醃製的溪魚，他們看起來像是要出發遠行。

「她快支撐不住了。」阿珮說。

「在她變成不好的東西之前，我們得讓她好好睡上一覺。」阿高建議。

塔魯環顧四周，他爬上村裡最老的那棵樹，突然像一隻動物般嚎叫。村裡的人紛紛停下手邊工作，他們開始凝望塔魯。

「你們冷靜一點，事情沒有你們想的那麼糟。」塔魯說道。

「我們不確定身旁的人究竟是誰。」水牛說道。

「那你想怎麼做？」塔魯問。

「阿魚他們有辦法，他們度過了許多難以想像的困境。」水牛持續說道，「他們依然漁獵在海上，神靈告訴他們解決的辦法，只要他們轉動陀螺。」

「你是什麼意思？」塔魯看起來相當震驚。

「有人入侵了。」水牛說完，眾人面面相覷。

「他們會想方設法留在這裡。」一名少年說起。

「會變得跟我們一樣。」一名少女面露恐懼。

「你們根本不瞭解自己所害怕的東西。」塔魯深深嘆了一口氣。

「那些是妖魔鬼怪。」一名少年喃喃說著。

「很久以前，人被神懲罰就會變成動物。」塔魯試著說服大家。

「那些是被懲罰的？」少年少女們開始議論紛紛，「我們得趕走那些……」

潘克羅感到事態的嚴重性，他也想像塔魯一樣，試著要大家冷靜……就在他想大聲喊出話語時，他看見天空有一根羽毛飄落，那羽毛飄得很慢，漸漸落入眾人之中。

「砍掉刺竹林。」

轉瞬間，有不明的聲音大喊。

少年少女們就要往外衝。

水牛趕緊帶著另一群少年少女，試圖阻止失去自我意識般的無名少年少女們。

阿魚跟谷牧則帶領著另一群少年們趕到，他們帶來了一棵聖樹的樹苗和清淨的水，選擇了適合的位置便一把種下小樹，不知怎麼，那一群無名的少年少女們驟然間全部消失。

阿高見狀，他趕緊清點人數。

阿珮則連忙扶起烏帕進屋去休息。
水牛趕緊跟阿魚道謝，「幸好，你們及時趕來。」
潘克羅旋即注意到掉落在村落中央的羽毛，他好奇走了過去。
「請把我藏起來。」
那是來自羽毛的聲音。
潘克羅以為自己聽錯了，他又定睛往羽毛一看。
羽毛躍起又落下。
「快把我撿起來。」
潘克羅嚇壞了，他矗立原地。
羽毛又飛起，「不要害怕，請幫幫我。」
潘克羅一聽，趕緊把羽毛塞進自己的編織袋子裡。
「看來，還不算太糟。」阿魚環顧烏帕的村子說道。
「全都趕出去了？」水球問道。
阿魚邊看邊繞，像是想找出什麼東西，「這只是開端。」

「還會再來？」水牛問。

「已經到處都現出蹤影了。」阿魚答。

水牛急了，他又問：「那到時，我們會怎麼樣？」

「不知道，或許進入他們原來居住的那個世界。」谷牧回答。

谷牧挨近阿魚，阿魚對谷牧搖搖頭。

「看來，我們得出發了。」阿魚說。

「你們要去哪裡？」水牛問。

「不是只有我們，還有你們。」阿魚說完，指著村口的大葉山欖，「得藉由樹的神奇力量，在那些東西毀掉各個村莊之前，我們得讓一切恢復平靜。」

水牛一聽，就像吃下定心丸，他又重燃起希望，打算去幫助更多的村莊。

一些少年少女們也跟隨水牛，他們揹起弓箭，拿起武器，就往村外走。

塔魯默默看著眾人離開，他緩緩爬下樹，他走向潘克羅。

潘克羅袋子裡的羽毛又說起話，「快帶我走。」

「去哪裡？」潘克羅問。

「別讓人靠近我。」羽毛說。

潘克羅有些猶豫，他想起：塔魯跟自己說過的那些話，在那個夜晚，在那座廢棄村莊，塔魯或許知道更多的祕密，他也如同是鳥神星號上的傳說管理人吧。

這麼一想，潘克羅一動也不動。

羽毛急了，他在潘克羅的袋子裡竄。

潘克羅叫住塔魯。

「別說。」羽毛哀求著，「我能完成你的願望。」

潘克羅想了想，他腦中盡是金斧頭跟銀斧頭的故事，他還想到森林中有很長名字的小精靈，他腦海裡也閃過神燈，但他馬上想起了許願井的故事，他覺得渺小願望與殘酷代價的不成正比，潘克羅馬上清醒。

潘克羅對塔魯說：「有一根會說話的羽毛在我的袋子裡。」

「放開它吧，那不過是可憐的小東西。」塔魯說。

潘克羅旋即打開袋子，羽毛像一隻小鳥，匆忙飛向天空，消失的無影無蹤。

「那是什麼？」潘克羅問。

「像斯米拉望的東西。」塔魯答。

「什麼是斯米拉望？」潘克羅問著。

塔魯望向村外的刺竹林方向，「他們還在那裡。」

潘克羅又聽見了，刺竹林傳出的喀喀喀聲響。

「他們會幻化成各種東西，就像水一樣。」塔魯低聲說起，「他們被稱為另一個世界的乞丐，他們喪失了一切的形貌，他們渴望恢復他們曾經擁有的一切，他們因此變得跟水一樣，反射出別人的樣貌，成為自己的模樣。」

第十六章 時間咒術

水牛領著一群少年少女們回到烏帕的村子，他們看起來累壞了。

「他們被我們打敗了。」水牛興奮在村裡叫嚷著，他還手舞足蹈，「你們知道嗎？那些東西根本不是我們的對手，我們成功襲擊他們。」

「怎麼襲擊，他們不是看不見的東西嗎？」潘克羅問。

「他們化身成一般人，偽裝得跟我們很像，他們還穿著跟我們一樣衣服，從南邊方向走來。」水牛一跳，跳到了土堆上，「我一眼就覺得奇怪，那些跟我們說著同樣話語，穿著類似服裝的人，他們正忙著跟阿福那邊的人打架。」

水牛又跳到了樹上，「他們竟然就走到了這裡，我是不相信的。他們守著阿福那群人，一有風吹草動就將阿福他們趕回去。」

水牛砰一聲，跳下樹，「怎麼就在這裡，他們怎麼就出現在這裡。」

「後來呢？」潘克羅問。

「阿金跟阿魚口中唸唸有詞，不一會兒，那些東西就全都不見了。」水牛答。

「谷牧他們那群人會法術，像烏帕或帕娜那樣？」潘克羅心中起疑。

塔魯恍然大聲說道：「不好了！」

水牛似乎也聽明白了，「不，他們不會法術。」

水牛這下，整個人都慌張起來，「那究竟是怎麼一回事？快把我都搞糊塗了。」

「那根羽毛。」塔魯說完，急忙衝進烏帕的屋內。

水牛滿是自責，他忽然看見阿通他們站在村外，他立刻對村裡的少年少女們說：「別讓他們進來。」

阿福直在門外喊：「加禮宛那些人突然攻擊我們，請求援助。」

水牛對著村外喊：「他們本來就跟你們勢不兩立。」

「但那是很久以前的事情了，我們這些村莊早就不再戰爭了。」阿福又說。

水牛一聽，他雙手抓扯自己的頭髮，「這是怎麼回事？我越來越聽不明白。很久以前就不打架了？我怎麼覺得我們才剛幫助過加禮宛，去攻打你們呢？」

其他村裡的少年少女們也一臉茫然，他們口中唸叨著：「某年某月某日，你們出草，還害死人……」

「那些都是祖先時代發生的事。」阿福說道。

村裡的少年少女們紛紛搖頭。

「不是那樣的，我們一開始也住在加禮宛……」

「好像有個祖先被迫分開的傳說，我們原本都是兄弟姊妹。」

「北邊靠山的村落會放出兇猛的獵犬，他們經常突襲住在加禮宛附近的另一個村莊，那裡的人跟我們說不一樣的語言，穿不相似的衣服。」

「南邊的人很會打架，他們有的打著陀螺詢問上天的神意，有的人是放起風箏，我們時而跟誰做朋友，又跟誰翻臉打架……」

少年少女們的記憶力越來越清晰，他們看見有人騎馬從山林緩緩出現，他們砍掉了刺竹林，一次又一次……。

村裡的少年少女們開始尖叫，他們慌亂從村莊跑了出去，阿福與阿通他們一時也不知所措，他們等在烏帕的村外，只想見烏帕一面。

烏帕聽塔魯說明事情緣由，便動身前往羽毛的村子，羽毛村裡的少年還在跟蛇對抗，等著少年的美女忽然卻變成小鳥，然後是一根羽毛飄落。

烏帕拾起羽毛，她以羽毛呼喚其他的羽毛，羽毛紛紛回到羽毛的村子，她從許多根羽毛，慢慢縮回到同一根羽毛，最後就只剩下一根羽毛。羽毛被放在村子裡的主屋內，上面有樹皮布描繪著傳說，就放在鎖著羽毛的木盒上頭。

阿福、阿通、塔魯和潘克羅緊跟在烏帕身後，一等烏帕處理完羽毛的事情，便跟隨烏帕前往尋找少年少女們的下落。

烏帕停在依索的村莊前，依索少年村裡的祭司正在祈求神靈的說明。

「阿生他們失蹤了。」依索對烏帕說。

潘克羅聽見，他趕緊說道：「我看到阿生與阿和他們一群人被藍色的光點攻擊，不一會兒全都消失在草叢間。」

「那是什麼時候的事呢？」依索問。

「應該是兩、三天前。」潘克羅回答後，他看看阿福他們，「當時，他們也在現場。」

阿通急忙搖頭，「不，我們這幾天都沒出門，實在是被人襲擊了，才出發想找烏帕幫忙。」

「那真是太糟了，我看到的莫非是……」潘克羅有些驚訝。

「這是怎麼一回事？就連帕娜也失蹤了。」依索聽完，焦急向烏帕尋求協助。

「向神祝禱吧。」烏帕說。

「這是唯一的解決辦法？」依索似乎心中另有盤算。

「水牛他們呢？」烏帕問。

依索轉身，指著村內，「他們都在這裡。」

「把他們帶回去吧。」塔魯說。

「恐怕不行。」烏帕望著依索的村莊。

「他們想留在這個曾經只有鯨魚的村莊。」烏帕說。

「他們受了很大的驚嚇。」依索說完，他囁嚅著話語，「妳不打算幫幫他們？」

「時間已經出了差錯。」烏帕凝視著依索的村子。

「那麼他們就在這裡吧。」依索要烏帕放心，他會好好照顧烏帕的村人們。

阿福看了眼前的情勢，他對烏帕說：「看來，我們也只能先回去了，對吧。」其他少年們一臉錯愕，「那些奇怪的人會埋伏在路上，我們會被襲擊。」

「得回去，不是嗎？妳會拯救我們所有人吧。」阿福緊盯著烏帕說。

「烏帕，妳幫幫大家吧。」潘克羅渾身感到一陣山雨欲來風滿樓般的詭譎氣氛，他真心希望所有村子都恢復原狀，那麼或許，他才有機會找到潘德諾。

塔魯卻突然雙手抱頭，他一臉痛苦，他哀號著：「不，不能再被封印。」

塔魯的雙眼忽然間灰濛起來，他發直的目光望著遠方的山林，「有些人回到戰爭的村子，有些人的船一再靠岸，有些人持續織著布，有些人始終在山林打獵，有些人忘了回家的路。」

塔魯就像被精怪纏上那般，莫名離開依索的村子，逕自沿著小路，走入森林。

阿福趕緊說：「又一個了。妳得快點行動，再這樣下去，那些東西全都會逃出去的。」

阿福說完，率領少年們即刻回返自己的村子。

斯米拉望打破了這個世界，當斯米拉望進入這個世界，時間在村子間起了變化。

「看，那些異族人站在祖先的土地上。」想起前塵往事的塔魯揹起弓箭。

塔魯射出弓箭，塔魯被背叛了，塔魯的首級被呈給兵營裡的人。

塔魯再度起身，以完整的身軀又揹起弓箭。

我到那時刻才知道，眼前的一切竟是塔魯口中所說的陰界。

我明明搭著火車，我轉眼卻不在火車上，我也許已經不存在。

潘克羅試著釐清眼前情況，他回想起潘德諾曾說過：眼前的世界或許是陰界，是指另一個世界，是一個相對於活生生的人類而言，另一個不可思議而且活著應該永遠無法到達的地方。

那時，陰界對潘德諾而言，是一個充滿鬼怪的靈異地點。

此時，陰界對潘克羅來說，卻僅是另一個次元。

宇宙間的次元有連結點，也有阻斷的機制。

潘克羅暗忖著：自己一定是在與夸歐爾號衝突中，誤入連結點。然而為什麼又是這個次元，跟祖先潘德諾進入同一個次元。眼前這個次元正發生難以解釋的故障狀況，才會讓原本不屬於這個次元的東西，一再闖入這個世界。

「我們得快點想想辦法，讓一切恢復原樣吧。」潘克羅急著對烏帕說。

塔魯他們為了糧食問題，跟兵營的人起衝突，他們努力一切，卻被剝削。谷牧跟阿金他們老早就答應塔魯，他們會傾全力幫助塔魯，谷牧失敗了，塔魯逃走的時候，受到其他村莊的攻擊，塔魯就是在那時失去寶貴的生命。

斯米拉望把真實塔魯的一生故事演完，塔魯默默揹起弓箭，他逐漸南下，消失在奇萊平原上。

「這裡不只有一個時間。」烏帕看起來心有餘而力不足，她只能在慌亂中，以咒術封住依索的村莊。

「保護好大家。」烏帕對依索說。

烏帕試著先進入一個一個村莊施咒，有的村莊在烏帕唸起咒語的時候，忽然間便化為烏有。烏帕沒時間檢驗那些新的村莊、舊的村莊、真的村莊，還是假的村莊……那些透明的斯米拉望、藍色的斯米拉望、紅色的斯米拉望，還是白色的斯米拉望……他們生氣著，他們笑出一臉可怕的模樣，他們哭泣著，他們猶若村裡的那些少年少女們一樣，他們專注做著曬穀物的事，修補漁網的事，準備打獵的事，他們在那些村莊，等待風雨將至。

烏帕一座又一座村莊走著，她在刺竹林前唸咒，有的刺竹林燃燒，有的刺竹林成為荒煙蔓草，有的刺竹林長在迷霧裡，有的刺竹林駐足溪水間，有的刺竹林在海水下。

遠處，帕娜在海岸邊向平原走來，她身上有藍色的光點，那些藍光像是浮游生物，沾附在帕娜的身軀與衣物。

「眼前的這些究竟是什麼？」帕娜開口向烏帕問道。

烏帕被眼前的景象所愣，她一動也不動望著帕娜。

「不遠處有巨大草鞋漂浮著。」帕娜指著海邊某處位置。

「那邊是巨人變成的山。」帕娜緩緩轉身又指向山脈的位置。

「那裡還有巨人生氣，把石頭亂丟一通變成的石林。」帕娜慢慢轉動自己的身軀，指向還剩下兩塊巨石的村子。

「我們的世界出現，然後消失，直到一切越來越真實。」帕娜越走越靠近烏帕。

烏帕幾乎屏住氣息。

「妳究竟對我們做了什麼？」帕娜說完後，瞬間消失在海邊。

烏帕好不容易回過神，她持續在村莊間繞。她先是施以保護的咒語，唸著唸著，嘴裡的咒術不知為何都變成破壞的咒語，她毀壞那些村莊，她施以消極的禁忌法術去圍住她記憶中村莊的位置，她從那些範圍內，一舉趕走那些不知道是斯米拉望還是原來就居住在村裡的少年少女。

第十七章 海岸騷動

沿著溪流，那些斯米拉望全身濕漉漉，風在吹，呈現半透明的模樣。在斯米拉望變身之前，風若吹乾它們淋濕的軀體，它們也就會轉瞬間變成完全透明，彷彿並不存在。斯米拉望只好趕緊變身，它們看過那些在路邊走的少年少女們，它們漸漸變成少年少女們的形象，有的則成為村裡的獵犬，有的化身為山羌，有的成為黃鼠狼，有的徘徊在溪水邊見著食蟹獴就化做食蟹獴的樣子，有的成為溪水邊的石頭，有的是路邊的石塊，有的走著走著便走進樹裡，漸漸透明不見。

斯米拉望進入村子之後，溪水開始乾涸。

我看見溪水倒流，像是被海洋抽走。

海水持續往後退，退到很久以前的海岸線，甚至更遠。

斯米拉望沿著那海水退去的陸地，大批大批湧入曾經的溪床。

斯米拉望在溪邊群聚，他們像是原本村裡的少年少女們，他們陌生地拿起竹簍，他們試著砍柴，他們織起布，他們製作狩獵的陷阱，他們是全身灰濛濛的少年少女，他們看起來就像是少年少女們的影子，他們在村裡操作著不熟悉的日常生活技能，他們累了，他們紛紛坐在村子的中央，他們試著唉聲嘆氣，他們把自己嘆成碎片，又重新組合起來。

村子一個個消失之後，少年少女們憑藉著記憶，找到過去的家人，他們那各自的祖父母、父母親和兄弟姊妹，以及孫子輩和曾孫們漸漸相聚，他們相互擁抱，他們一起哭泣，他們漸漸就圍成一個大圓圈，他們蹲踞在地上，將各自袋子裡僅有的糧食恭敬放在地面，他們敬拜更為古老的祖先們之後，默默把放在地上的祭品食完。

「去到另一個地方。」

少年少女們紛紛吶喊，他們沿著溪水，有的從上游走到下游，有的由支流走到主流，他們沿著溪床，就像古老祖先的居住習慣，他們曾群聚生活在溪流邊，隨著溪流遷徙，溪流的盡頭便是祖先的來處。

少年少女們逐漸聚集在海岸邊，他們開始唱歌，他們試圖找回被塵封已久的回憶。

潘克羅回憶潘德諾的日記，他發現自己的記憶也跟這個次元一樣開始出現裂痕，裂痕讓記憶無法順利連結，他僅能片段想著，怎麼也爬梳不出當時潘德諾的結論。

這還不是最糟的情況，在潘克羅眼前的烏帕，她猶若失去理智般，彷彿是一部失控的機器，她使出法力不斷毀壞村莊，每當有村莊消失，就會有斯米拉望聚集，那些由海邊走來的斯米拉望越聚越多，他們全都群聚在溪床邊，他們不再飄蕩。

從奇萊平原北返的斯米拉望聚集在木瓜溪，他們面容凝重，他們躲在山林裡的村莊。

烏帕召喚他們，斯米拉望們沿著木瓜溪下到平原，他們在陌生的村子裡，他們遙望電塔，他們凝望著藏過彈藥的山洞位置，他們凝視採過銅礦的山壁，他們有些剛飄過吊橋，他們走進滿布電線桿的村莊，他們經過的地方出現了原本不存在的村莊。

那些都是我曾看過的歷史照片，是很久以前的平原村落，滿布著鐵皮和水泥。

烏帕毀壞著村莊，斯米拉望便重建村莊，他們造起不屬於烏帕時代的村落，那些村子存在於原居星球的二十世紀。

潘克羅回憶潘德諾的日記，他知道這個世界正在崩壞，卻怎麼也想不出來，後來究竟是怎麼平息的。

潘克羅急著像熱鍋上的螞蟻，他猶豫著是否該阻止烏帕。斯米拉望則是越聚越多，村子裡到處都塞滿斯米拉望，漸漸也就不再有斯米拉望從海邊走來，彷彿全世界的斯米拉望都聚集到這個次元內。

潘克羅感覺山腳下全都是灰濛濛一片。

潘克羅轉身，他看向海邊，海水退到看不見的盡頭，村子裡原來的少年少女們都被迫聚集在原來的海岸線上，海岸線密密麻麻站著身穿各色衣服的眾人。

忽然有人聽見了什麼。

「是鳥的叫聲。」一名少年說。

「什麼鳥？」眾人紛紛探尋鳥叫聲的來源。

「噓。」有人喊道。

「保持安靜。」有人叫著。

「要安靜才能聽見。」

「我聽見了。」

「什麼？」

眾人的腳步聲太大聲，以致於大家都聽不見。

「什麼都沒有。」

「噓，保持安靜。」

「冷靜。」有人大喊。

更多人喊著：「不要講話。」

好不容易大家鎮定下來，有人偷偷移動腳步的聲音，有人不小心撥動海邊草叢窸窣窸窣，有人踢到石頭，有人喀喀喀轉動僵硬的身軀。

嘰嘰嘰嘰。

「聽見了。」

「安靜。」

「是靈鳥？」

「不是？」

嘶嘶嘶。

「往哪邊飛？」

「安靜。」

這下，大家顯得更不敢亂動，他們全都屏住呼吸般。

呼呼呼，風吹過。

遠遠有海浪拍打著陸地的聲響。

嘻嘻嘻的鳥鳴聲。

「不要著急，不要看錯了。」有人喊道。

「是吉是兇？」有人低聲問。

「左邊還是右邊？」有人輕聲問著。

「溪口？」有人竊竊私語。

嘰嘰嘰嘰。

「海邊？」有人納悶著。

「我看見了。」

「哪裡？」

「穿過陸地，飛去海的盡頭。」

眾人紛紛朝著海的盡頭看，果真有一個灰影在天空翱翔，朝遠邊飛去。

我跟著往前走，心想：那或許就是離開這個世界的通道。

儘管內心感到徬徨，我離開這裡之後，我又會變成什麼……是橫死轉變成的斯米拉望，是壽終正寢去到另一個陰界的靈魂，還是我仍然活在世界上，我會甦醒，我會在某張病床醒來。

我懷著恐懼，跟著大批人潮移動在原本的海床上，海床地形相當崎嶇，不少過去的海溝成為如今的縱谷。

不時有人喊著：「往這邊走。」

走在前方的人似乎看見靈鳥，靈鳥能指引人類方向，靈鳥具備有神的神奇力量。

眾人們也就不感到害怕，儘管胼手胝足攀登起極易碎裂的岩塊，看似不遠的一段路，往往要花上許久時間才能度過。日夜在頭頂上交替著，我才剛爬上一段峭壁，漸漸我發現路途上有山洞，被曾經的溪水貫穿的洞穴裡有岩畫，一群人排隊通過巨大的山洞，我仰頭看起那些模模糊糊的畫作，應該是描述一群人打獵的經過。出了洞穴，有溪道，如今是乾涸的溪床，沿著溪床走，又得爬上峭壁，一日復一日，一夜又一夜，大家仍然在峭壁上攀爬著，爬上峭壁後的風景，是乾枯的樹木，沒有樹枝，只剩下樹幹，千萬年都埋葬在海底，怎麼就突然抬升，走過坑坑巴巴曾經是壺穴的道路，出現在眼前的，是一片石林，石頭早就被海水蝕化成一塊塊阻礙人前進的突起物。

許多人被絆倒，許多人不知道怎麼一跌倒就碎裂了，風一吹，那跌倒的少女重新被組合起來後，她看起來相當茫然，她忘了為何要繼續往前走，她停下腳步，她環顧四周。

我繼續往前進，只是不時回望那莫名失憶的少女。少女被眾人推著走，她再度跌倒，她破碎，她被風吹起，她又成為一名少女。

我差點就跌倒，我趕緊持續往前進，我深怕一跌倒，我就會忘記，我叫做潘德諾，我好不容易才想起來，我是潘德諾。我原本正要去拜訪客戶，我坐上火車，路過很久沒回去的祖先土地，那裡只剩下廢棄的農田，田邊還有一座很久以前的工作寮子。我會知道那塊田地，是因為一張需要繳納的土地增值稅單。那是祖先留下來的土地，我卻是長大以後，經過好久才又回想起祖先曾住過的蘭陽平原。

我長年住的地方，只有柏油路，大排邊才有人能種上蔬菜瓜果。我每日經過的地方都是車水馬龍，道路兩邊皆是一幢又一幢一棟又一棟密密麻麻在大排上或大排邊的屋子，我在那樣的屋子裡為一個喜歡收集骨董的老闆工作。

我叫做潘德諾，我是潘德諾，我不想忘記我是潘德諾。

繼續往前走，是一大片的沙漠，風揚起沙子刮過眾人的身軀，我感到一陣陣的刺痛。日夜反覆交替在天空，大家彷彿都被停止了，一直在沙漠中原地踏步般，有人放棄，有人跌倒，等風吹過，他們便忘了自己是誰。

我只好持續走，以防止跌倒，走到我覺得身旁的少年少女們似乎越來越少。我還是往前走，我看見我前頭依然有人影，我走著，我走著，直到穿越沙漠，我進入樹林。

那是一座巨大的岩石就落在森林裡。

有人在前方喊著：「走上岩石，千萬不要往溪谷裡去。」

我們順著岩壁走，穿梭在樹冠間，那是一塊彷彿跟世界一樣大的岩石，我們依舊只能拚命往前走。

第十八章 戰爭以外的戰爭

潘克羅見到眾人紛紛跨過以前的海岸線，往剛剛形成的陸地走去。他十分緊張，他大喊：「他們就要走出去了。」

烏帕時而瘋狂時而回神，她望向海邊的少年少女們，她喃喃說著：「還不到時候，千萬不要走遠。」

烏帕閉上眼睛，她默念著，她把目光投向遠方。

潘克羅看見海邊的盡頭，忽然有一個光點閃起，他不知道烏帕做了什麼。

烏帕試圖讓自己冷靜，好讓自己能從中看清楚，再看清楚一點，在某個角落，的確仍然有飄盪的斯米拉望。

烏帕看見了。

她得去圍住那些不在村莊裡的斯米拉望。

烏帕縱身一躍，她踏過還殘留點水窪的溪床，她沿著山邊的林徑奔走，她像是一隻鳥騰空飛起又降落。

潘克羅也不知為何輕盈穿梭樹林間，彷彿是祖先隱藏在基因裡的記憶，他因此能輕而易舉跟上烏帕的腳步。

他們跨越林子間，好不容易發現在被推倒的石柱地域，有爭吵的聲響。阿狼是阿福村落裡的分支，阿狼帶領著一群少年少女們，不知道是在跟誰爭鬥中。

烏帕停下腳步，她迅速溜下樹。

潘克羅則落在一棵大樹上，戒備著未知的情勢。

阿狼和少年少女們將一群灰色的少年少女們團團圍住。

「你們越界了。」阿狼不斷吼叫。

灰色少年少女們不知所措，他們無法說話，他們不明白阿狼所說的話，他們茫然想跨出腳步，旋即又被逼回被圍困的範圍內。

「你們得離開。」阿狼再度大吼。

烏帕唸出咒語，她試圖摧毀阿狼與其他少年少女間的聯繫。

阿狼卻絲毫不受影響，他堅持著自己的立場。

幾個少年少女倒是恢復記憶，他們茫然探看著週遭環境。

「這裡是哪裡？」

「我們為什麼在這裡呢？」

「不能隨意離開村莊……」

「這裡是我們的獵場。」阿狼斥喝眾人。

「我們不是還在遷徙的路途上？」

「要小心埋伏在林子間的異族人。」

「你們是怎麼一回事！」阿狼朝著自己所率領的少年少女們大吼。

灰色的少年少女們全發出喀喀喀的聲響，他們急忙想突破重圍。

「誰也別想走！」阿狼一跳，跳進灰色少年少女間，灰色少年少女們被砸個粉碎，瞬間風一吹，又重組回原貌。

阿狼這一跳，也把自己摔個粉碎，等風一吹，阿狼不記得自己是誰。

灰色少年少女們發出喀喀喀的聲響，他們環顧四周，漸漸往北方走。

阿狼跟原本屬於他所率領的少年少女們也茫然跟著往北邊走，他們沿著狹長的平原回到北方的溪口，阿狼和少年少女們轉身，他們朝山林前進，漸漸回到一開始遷徙後，所居住的第一座村子。

烏帕靜靜聆聽穿過林子裡的風聲，她似乎聽見，還有人群駐足在某條獵徑上……草搖動的速度和風傳遞的距離，烏帕轉身躍起，她又像是一隻大鳥準備翱翔天際。

潘克羅趕緊跟上烏帕的腳步。

烏帕沿著山林，她飛越在樹冠間，也從南部回到阿狼的村子，持續往北邊山林前進。

「這就是祖先的獵徑。」一名少年說。

「獵物在哪裡？」一名少年低語。

湖畔邊，一堆灰濛濛的人影逐漸聚集。

九芎的葉子輕搖，不一會兒又恢復寂靜。

獵犬卻一直對著遠處的灰霧猛叫。

「我們該往何處去？」一名少年問。

「路被阻斷了。」一名少年說起。

「往西邊走，我們回家吧。」一名少年說。

「已經離開了，我們得開拓新的村莊。」帶頭的少年說道。

潘克羅好不容易攀住了一棵紅檜，他緩緩往低處爬行。

烏帕是驟然落下的，就落在那堆灰色的人影間，她在湖畔，對那些灰冷冷的東西唸出咒語。灰色的人影漸漸離開湖畔，他們拖著沉重的腳步，踏上舊時蘭陽溪的溪床，慢慢就群聚在平原上的村莊。

原本在獵徑上的少年們，他們有的往南走，在道路交叉位置，轉往西北方向，漸漸又往東北方向的山林。

烏帕閉上眼睛，她矗立在溪畔，她聆聽風穿越每寸土地的聲音，那一點一滴一絲一縷的摩擦聲響，在礦坑間，在山洞裡，在被貫穿的路徑，在電塔間，在山稜線上，在平原溪床，風一陣呼呼嗚呼之後，頃刻間，也像是那些突然消失在溪床上的溪水，被什麼給吸走了，給倒抽出去。

烏帕再度睜開雙眼，她一跳，轉身往南，沿著溪流支流，進入平原，她試著回到最初的刺竹林城。

天空莫名亮起的光點吸引住眾人目光，所有少年少女們停止往前進的步伐，他們都盯著那光點看。

我就在那峭壁上待著，只因為前方的少年一動也不動，我不能後退，後方有一名少女擋住我的去路。

我得等待，等著前方的少年少女們再度開始動作，那些緊跟著靈鳥的少年少女們，他們要是墜落了，也就沒有人能夠知曉靈鳥的去向。

所有人都停住了，我們是否會因此被迫持續待在這個莫名乾涸的海床上，直到海水再度淹沒這塊土地，所有人又會被沖到何處去……。

光點像是刻意停止所有人的動作。

這明明是一條通道。

日日夜夜，我就那麼站在峭壁上，我無法再等待，我得往下爬，我試著由下方找尋能夠前進的方法，直到我真的在峭壁上發現岩洞。岩洞穿進穿出，我小心走著，不時看著上方停滯的少年少女們，我在下方穿梭著，有時下降，有時上升，直到離開那塊巨大的岩石，我又踏上一處廣闊的草原。草原上的少年少女們依然在看天空耀眼的光點，那光點像是天空突然形成的微型太陽，比任何星星都還要耀眼，卻不若太陽那般刺眼。

那是預兆。

少年少女們肯定相信那是神靈給的指示。

他們會等待神進一步的指引。

我則以為那是突然燃燒的人工衛星。

這莫名乾涸的海床，一定是陰界的出口。

我得試著走出去，回到我原本的世界。

我得完成老闆交代的任務，我房間裡的蘭花不知道已經多久沒有澆水，房東是否找不到我，房東先生一向和藹可親，房東老太太的脾氣暴躁，或許早把我的東西裝箱全都丟到大馬路上……老闆知道我的情況嗎？是否有人知曉我目前的遭遇……我還在那個世界等待著這個世界的我趕回去，我只能這樣相信。

烏帕奔跑的速度很快，她像是在一叢又一叢的刺竹林間騰空飛翔。

潘克羅試著跟上烏帕的速度，他追得氣喘吁吁，他幾乎沒命似的追趕，他不清楚烏帕是否真有辦法，能夠恢復這世界的平靜。

被巨大力量所影響下，出現次元間的裂縫，要想恢復，除非是巨大力量消失。

潘克羅深信在這個據稱是陰界的次元裡，鐵定是沒有船艦上那些超高科技設備，他不知道憑藉著一個傳說中的祭司，甚至可能是神的後代，那樣一個傳說中的巫女，究竟能夠使用什麼辦法去驅除次元外的未知巨大力量。

烏帕降落，像一具直升機掃落巨大的刺竹林城。潘克羅看見了，那座古老巨大的刺竹林城竟然絲毫沒有受到斯米拉望入侵的影響。

烏帕一進入刺竹林城的屋子，她搬出一綑又一綑依照時間順序排列好的樹皮布。她對著屋外大喊：「我不知道你是誰，但若想幫忙的話，你就進來。」

潘克羅一愣，他趕進奔入竹屋。烏帕要他搬起那一綑又一綑沉重的樹皮布，她自己則抱起第一綑樹皮布，她開始吟唱世界的故事。

烏帕抱著第一綑樹皮布唸完，潘克羅把第二捆樹皮布交給烏帕，然後是第三綑樹皮布……烏帕唱著，不斷唱著。

我得走過草原，前方再也沒有少年少女能為我指路。

我仰頭試著聽起鳥叫聲，任何一丁點的聲音，除了我自己的心跳聲，我什麼都沒有聽見。

我真的在呼吸，我還有心跳，我全身都因為疲勞流滿汗水，我口渴，我喝下自己沒有多少的尿水，我無計可施，我只能尋找草原裡的伏流。

前方竟然有一棵茂密的老樹，我試著攀上那樹，摘取果實，剝皮後咀嚼，我吸著果實裡的汁液，好不容易恢復起精神，才發現救了我一命的是，一棵大葉山欖。如同神一般的山欖救了我，我摘取更多的果實咀嚼，我緩緩爬下樹，我向老樹行禮。

忽然間，我聽見遠處有聲響。

嘰嘰嘰嘰。

究竟是否為靈鳥？

嘻嘻嘻。

那是什麼樣的鳥？

已經沒有人可以為我解答。

我只好跟著鳥鳴聲前進，就在海水的盡處，那裡一定就是出口。

第十九章　通道

「我們的故鄉在那遙遠長滿椰子的地方，乘著船，漂流到南方的海岸……」

「故鄉有兄妹三人，乘船到北方平原上岸，妹妹往山上去，妹妹的子孫南下……」

「祖先乘船採貝，不小心離開故鄉，才來到這裡……」

「從東南方島嶼飄到北方島嶼，慢慢遷徙到平原上的人啊……」

「在半島的祖先乘船漂流，繞過北部而來的祖先啊……」

「兩艘船帶來兩個村莊的祖先……」

「姊弟漂流到這個地方，無以為繼……」

「我們原本就住在南方，乘著船往北遷徙，再度進入平原的祖先們……」

「遇暴風迷失航線的祖先……」

「捕魚迷航的先人們啊……」

「遇到大蛇攻擊的兄妹……」

「海怪出沒的島嶼……」

烏帕一個人在刺竹城中，吟唱起古老的創世傳說，風吹著竹葉順時鐘轉動，如同水流漩渦一圈又一圈開始旋轉。被吹落的竹葉也跟著在漩渦裡迴繞，那風裡的竹葉漸漸都變成如同文字般，像圖畫又像是線條。

潘克羅把所有樹皮布都堆到刺竹圈前，刺竹林的次元似乎產生不同時空連結，潘克羅不敢大意，他趕緊想將所有樹皮布都串在一起，好一同捲入刺竹圈裡的漩渦，心想著：或許一切才會恢復平靜。

潘克羅串著樹皮布，將樹皮布從刺竹漩渦中的一個裂縫中塞入，緊接著又是一疊樹皮布，然後又是另一疊樹皮布。潘克羅越串越急，他感覺著在刺竹林內的樹皮布正形成很大的拉力，他一次又一次串不好刺竹林外的樹皮布，他只好被迫拿起草繩用綁的，一個又一個的死結，綁起一疊又一疊樹皮布，他拚命綁著樹皮布，他的手漸漸被草繩的拉力扯出一道傷口，他滲出鮮血，血跟著草繩被拉進刺竹圈中，然後是他的左手，他的身體，他右手還想用草繩綁住剩下沒有幾疊的樹皮布。

轉眼，潘克羅飛起來，就在刺竹圈中，跟著樹皮布和竹葉順時鐘在刺竹林中奇異次元的漩渦轉動，他只能閉上眼睛，任未知的力量將他帶往何處去。

潘克羅轉動著，從失去知覺，然後在一陣巨大的拉扯中，痛得醒來，他手腳隨手一拉，他降落了，他重重摔在地面上，那是一處柔軟的草原。

潘克羅渾身痠疼爬起，他滿是傷痕站在仰首便能看見天空有一個奇怪亮點的草原中，他用手遮擋那刺眼的光線，好不容易才適應一點風都沒有的草原，那裡有些人正靜止站在草原上，一動也不動。

潘克羅仔細觀察四周，他一點頭緒都沒有，他試著回想潘德諾的日記，他想從中找到蛛絲馬跡。

草原？

潘克羅搖搖頭。

腦海裡絲毫都沒有草原的印象。

潘克羅只好往前走，他選定一個方向，想試圖遠離天空那奇異的光點。

他行走的方向，盡處是灰色的。那就像是天和海連在一起的清晨，在退潮的時間點，他往前走，往海水的盡頭走。

他不知道自己走了多久的時間，他發現前方也有一個人在走。潘克羅突然想跑到那個人身邊，他想著前方的那個人或許能夠解答他目前的困惑。潘克羅怎麼都跑不動，在這草原上，彷彿有沉重的氣壓，他的身體很難施展在那樣的環境下，他覺得有些口乾舌燥，他的步伐越來越緩慢。

前方的人似乎維持著跟潘克羅一樣的速度在走，潘克羅看的到那個人，但就是無法接近那個人。

潘克羅想叫住那個人，但他口渴到僅能發出微弱的聲響。

潘克羅只好繼續往前走，他得等待時機，等能夠叫住那個人的時刻到來。

鳥鳴聲消失了，這裡彷彿是神也不存在的世界。

我停下腳步，眼前沒有任何環境資訊，可以讓我分辨東南西北。

陰界是一座座的村子，這裡沒有村子，我也許正走在陰陽分界的地域，我相信，我只要跨出這座海床，我一定能回到原本屬於我的那個世界。

那是一群灰色的人影。

我不知道走了多久，草原成為退潮許久的沙地，我在沙地間遇見一群灰色人影，我感到恐懼，他們模模糊糊的五官像是在張望著我。

那些是斯米拉望，我想他們應該是傳說中，原屬於靈魂力量的殘餘能量。他們看起來有些很熟悉，有的人長的像是阿高，也有一個貌似塔魯，也有阿珮般的斯米拉望瞅著我看，另一群灰色人影裡，有人長得像是谷牧和阿生。

他們看著我走，緩緩也跟著我走。

我有些猶豫了，如果斯米拉望也走出去了，他們會變成什麼。

前方那個人停住了，潘克羅趕緊移動艱難的步伐，想盡快到達那個人的身邊。

他走著走著，不遠處卻出現灰色人影聚集，潘克羅心中暗自覺得不妙。

「那些可是斯米拉望。」

灰色人影以模模糊糊的五官瞅著潘克羅瞧，潘克羅還是決定往前走，他得通過灰色人影，他得追上眼前那個看起來相當具體的人影，他相信那是原本待在陰界村子裡的人影，是跟身後半透明的斯米拉望們不一樣的。

灰色人影也學起潘克羅的動作，他們跟著他，從緩慢的步伐轉變成急促的步伐。

潘克羅很是緊張，他一腳踩滑在石頭上，眼看著就要摔下。

有灰色的人影緊緊拉住他。

那灰色的人影長得有點像是阿浪。

潘克羅嚇了好大一跳。

在他眼前有一個灰色人影不知怎麼也跟著跌倒，那人影一跌倒，瞬間就摔個粉碎。

潘克羅大力喘著氣，他回過頭凝望著救他的灰色人影，他低聲說道：「謝謝。」

灰色人影也學他，露出稍微清晰的嘴唇，說道：「謝謝。」

「我們一起走吧。」潘克羅決定領著灰色人影離開這個怪異的時空場域，他們一直往前走，緊緊跟隨前方那黑黑的人影，距離是越來越近。

我不時回頭看那些灰灰的人影，他們漫無目的跟著我，我停下腳步，他們也跟著我停下，看來，他們是一點也不知道發生了什麼事情。

那樣就沒有危害吧。我暗忖著。

就算把他們帶回到屬於我原本生活的那個世界，他們也不會傷害人類吧。

我因此加緊腳步，我想盡快到達那海的盡頭。

海水不知道是何時湧上我的腳踝，當我發現腳下的沙地，怎麼開始成為泥濘，我開始跑，不顧一切想要跑到我看見的，那海天一色間的一道光線，我相信那就是出口。

前方黑色的人影開始跑，潘克羅也跟著跑。潘克羅看見黑黑人影身旁的灰色人影，有的跑到跌倒，一摔倒，就是粉碎。潘克羅很是驚嚇，還是選擇繼續跟著跑，他忽然感覺身後的灰色人影似乎也有人要跌倒了，他回過頭，他用力一抓，就像灰色人影之前救他那樣。

「小心，不要消失不見了。」潘克羅對著身旁的灰色人影說。

潘克羅轉換以快步走的方式，灰色人影也跟著他快步走，他們急急忙忙就快追上前方黑色的人影。

潘克羅趕緊朝前方黑色人影大喊：「請等一下。」

黑色人影愣了一下，轉頭。

潘克羅一見，心一愣，忽然間，前方海水湧上一道大浪打來，就像沉重巨石往身上壓了過去。

咕嚕，咕嚕。

潘克羅醒來的時候，他的身子輕飄飄，他撞上了沉重的鐵刀木色櫃子，好不容易才停止漂流。

他緩緩睜開雙眼，眼前的空間是封閉的，他看見有小樹裸露著樹根在眼前飄，還有幾頭小羊咩咩叫。

他嚇了好大一跳，四肢本能在空中撥動就像在游泳那樣。

「那是另一個我！」潘克羅發出聲音。

「這裡是哪裡？」潘克羅立刻又撥動起四肢，他環顧四周，直到看見祖父的鐵刀木色櫃子。

「髒雪球，我回到鳥神星號了。」潘克羅想大叫，但他一想到監視系統，他壓抑住自己的情緒。

他急忙在鳥神星號像游泳般移動著，他檢查動力系統，他啟動了備用動力，電腦設備一恢復正常，所有東西瞬間都墜落在鳥神星號上。

小羊咩咩叫著，管家機器人連忙把飄浮出來的動植物都帶回樹林裡邊。

潘克羅又是一個大人的模樣，他趕緊檢查鳥神星號的位置。這一看，潘克羅暗自在心中慘叫，鳥神星號早已被帶離暗物質區域，以光年來說，鳥神星號與其他艦隊的距離，就像是原居星球到河外星系那樣的遙遠。

潘克羅這下真的被丟棄了，鳥神星號的動力鐵定無法回到暗物質區域。

那他又該往何處去呢？

潘克羅失去與艦隊的聯繫，他知道他在鳥神星號上老死，是沒有問題的。只要他停止服用藥物，他漸漸就會衰老，他會自然死去，直到鳥神星號的備用動力全都使用完畢，這艘太空船上的一切也會跟著消失。

不。

所有傳說都將跟著消失。

一個巨大的聲音在心中響起。

潘克羅不禁重新審視目前局勢，鳥神星號此刻還活著，他還活著，他應該還有足夠的備用動力再試一次。

潘克羅猶豫了，將鳥神星號推入附近暗物質區域，然後重新充電，等待回返艦隊的時機。

「繼續漂流……」潘克羅嘆了一口氣。

他想起方才，他明明還踏在原居星球的過去次元，有天然的樹林，有獵犬，有自由自在不用吃藥的人類。

那裡雖然只是一個臨時時空，叫做陰界，是暫時保留人類記憶的時空，可是一切仍舊很真實，原居星球一定是個很美好的地方。潘克羅心想。

他盤算著，如果能夠回到真正的原居星球，踏上真正的土地，或許能夠改變歷史，讓人類不用踏上太空旅行。

潘克羅做下決定，他調整好航行計畫，他瞄準著眼前的暗物質區域，他得重新充電，他得獨自一個人在暗物質漂流，直到找到通往原居星球的時空。

第二十章 封印

那時候，烏帕經常一個人巡視各個村莊，她要我畫下村莊的位置圖。她心裡有事，她憂心忡忡。烏帕說過：刺竹城裡的傳說很重要。烏帕需要我，她需要我在地圖上標記傳說。烏帕教我使用她的語言，那些圖案有點像是文字又似簡筆畫，她把故事畫在樹皮布上，她要我把故事名稱標註在地圖上，這樣有圖有文，以後的人還是能繼續把傳說吟唱下去。

我不清楚烏帕所屬的時代，我只知道我的時空裡，已經很少人能夠像烏帕那樣行使所謂神的力量。

我也沒聽過傳說故事，我僅知道我的祖先曾經居住在烏帕所屬的平原上。

烏帕說過：總有一天，什麼都會消失。

「消失了，又會怎麼樣？」我問過烏帕。

「這裡會先消失，慢慢跟這裡有關的一切全都會消失。」

為了幫助烏帕，我一個人離開烏帕的村子。

我發現斯米拉望已經進入刺竹林的範圍，斯米拉望的世界原不屬於陰界的村子。

斯米拉望的世界應該已經消失了。

我想回去告訴烏帕，那時，藍色光點突然出現在海面上。

潘克羅用僅存的備用動力，送鳥神星號進入暗物質能量帶中，鳥神星號開始充電，潘克羅積極設定電腦搜尋，以便大量運算，一心盼望著能夠早日找出回到原居星球時空的通道。

潘克羅把鐵刀色木櫃從公共空間移到自己的房間，他從中拿出潘德諾日記，想找尋裡頭是否有記錄過，發生動盪混亂那天的事情。

藍色光點吞掉了在海邊撿拾貝類的人群。

藍色光點追逐著逃跑的人。

我在一陣混亂中，跟著人群往北方山林走，走著走著，我跟人群分散了，只剩我一個人在不知名的湖畔，我完全不知道該往何處去。

我停下腳步，想找到往海邊平原的方向。

有模糊的白色少女人影飄到我的身邊，直接穿了過去，我感到一陣酷寒的冰冷。少女絲毫沒有察覺到我的存在，她只是在湖畔繞圈。

那是一座滿布湖泊的山林，山林裡的白色少女人影，不知為何圍著湖泊一直繞。

我僅能避開她們，試著想從樹木的年輪分辨東南西北，我好不容易找到往山下走的溪床，卻看見一群站成樹木般的巨人。

巨人的腿都跟樹幹一樣，巨人們在森林裡閉目養神。

我悄悄繞過巨人的樹林，我聆聽著溪水的聲音。

我看見前方是下切的溪谷，我知道這樣的路會阻礙我回到平原，我只好靜下心來聽鳥的聲音。

許久，我還是沒辦法聽見任何鳥叫聲。

我只好起身，回到高處，再次想從植物生長的方向，判斷東西南北。

灰色的斯米拉望是何時出現在山林的？我以為自己看錯了，真有灰色的人影成群，由眼前左邊的岔路持續往山林裡走。

我因此決定反方向走，我小心沿著灰色人群走過的地方，我漸漸變離開山林，我下到下游的溪床，卻沒發現到溪床附近的村子。

烏帕的村子應該就在那附近，我卻連刺竹林都沒有見到。

灰色人影三三兩兩走著，我只好繼續沿著他們走過的路徑，我跟著他們到達海邊，只見村裡的人不知為何全聚集在海岸邊。

那就是當天的情況。

潘克羅找到潘德諾跟發生巨變當天相似的場景，潘克羅回憶自己當天望向海邊的情景，的確原本在村子裡的人都被迫聚集在海邊，村子當時的確是消失的，新的村子裡則到處都是灰色的斯米拉望。

我在海岸邊試著找尋認識的人，卻什麼人也沒見著。

忽然間海水退去，我原是看著發呆，直到海水怎麼都沒有回到海岸邊，我以為會有大海嘯，我瘋狂在海邊大喊：「有大水，有大水。」

海邊的人紛紛交頭接耳，誰也沒聽到我在說什麼。

我攀到海邊高處望了又望，那時間彷彿已然經過了我原本世界的好幾個小時。海水沒有再出現，出現在眾人面前的，是乾涸的土地。

那時才有鳥叫聲，好不容易大家保持安靜，大家跟著鳥鳴聲的指引走，我思前想後，才決定要一起跟著走。

潘克羅看到這裡，他不禁想起，曾經在迷霧中看見自己，還有被大水吞噬的前一刻，他看見那黑黑的人影一轉頭，是面貌與自己十分相似的少年，但膚色較為黝黑。

「那就是潘德諾。」潘克羅不禁驚嘆。

潘克羅回想，潘德諾的模樣雖說是跟自己長的很像，但認真說來，是長得更像是潘克羅的祖父。

祖父曾經說過：「孩子，你長的真像是我年輕時候。」

潘克羅內心一陣激動，他真見到古老日記的主人，在昏迷中，失蹤在陰界村子的潘德諾。

「我真的曾經回到原居星球，原居星球是真的，是真的……」潘克羅止不住欣喜和感動，能親眼見到祖先，他只能讚嘆宇宙的奇妙。

那後來呢？

潘德諾莫非也是這樣回到現實世界去的。

潘克羅滿腹疑問，趕緊翻開潘德諾的日記。

海水終究回撲，我在大浪中翻滾，我以為就要結束一切了。

等我再度醒來，我躺在病床上。

米圖祭司來看我好幾次，我起初不說話，只跟護理師要了紙筆，我一直寫，一直寫，用烏帕教我的語言寫著，寫到我好不容易覺得把過去所遭遇的奇異事件都寫完之後，我請看護幫我買本筆記，我嘗試以這個世界的語言，重新記錄，在我身上究竟發生過什麼樣的事。

起初，我不跟米圖祭司說。

我的姪子每天都來看我。

我一向喜歡那男孩，那男孩有真誠的眼睛。

我把我遭遇的故事告訴那男孩，那男孩聽得津津有味。

米圖祭司來了，我就保持沉默。

米圖祭司只對我搖搖頭。

男孩拉拉我的睡衣衣袖說：「米圖祭司花了許多個月，好不容易才在事發地點附近的山林找到你。」

我不知怎麼，就是無法喜歡米圖祭司。

男孩跟我不一樣，他寒暑假就會回到烏帕所屬的平原上，陪伴我年老的祖母。

米圖祭司是我祖母的鄰居，我來來去去，無法久待，每次都只是進屋看一眼老祖母，我便推說工作，趕緊抽身離開。

男孩睡在我的床邊，我摸摸他的頭，覺得他是我跟烏帕所屬平原唯一的連結。

「你要逃避到什麼時候？」

那是誰的聲音？病床裡的人，全都睡去。

我一個人待在四人病房裡，卻聽見有陌生聲音迴盪在病房內。

米圖祭司推開門，我以為是米圖祭司跟我惡作劇，我對她大吼：「我已經不是那裡的人，我早就被收養，收養我的父親來自遙遠的地域。」

「你為什麼生氣？」米圖祭司問。

「妳為什麼要管我？」我反問。

「是祖先通知我去找你的。」米圖祭司答。

「祖先根本不認得我。」我大吼。

「你永遠是祖先的孩子。」米圖祭司一臉不解看著我。

我怒瞪起米圖祭司。

「孩子，你想回家嗎？」米圖祭司滿臉哀愁。

第二十一章 消失的祖先

潘克羅抱著潘德諾的日記睡著，他做了個夢，米圖祭司對他搖搖頭，然後輕聲問道：「孩子，你想回家嗎？」

潘克羅定期檢查電腦運算的結果，他查詢電腦所捕捉到的時空影象，有的時空裡有許多地底人，有的時空裡充滿著各種爬蟲類般的生物，有的時空裡只有火，有的時空裡僅有冰塊，有的時空就只有光穿過，有的時空僅是一片黑暗……潘克羅失望著，待在暗物質能量帶裡，他有充裕的時間和孤單。管家機器人好不容易維修完鳥神星號，也把原本散落的資料一一歸檔，它悄悄來到潘克羅的身邊，它盡責說道：「鳥神星號已經蓄勢待發，隨時能夠回返艦隊，執行保存資料的任務。」

「我們回不去了。」潘克羅對機器人說。

機器人試著運算，它沒辦法得到邏輯裡的資訊，只好問潘克羅說：「那是指什麼？」

「我們要去未來。」潘克羅說。

「那裡是哪裡？」機器人問。

「很久以前的過去。」潘克羅答。

機器人還是無法理解潘克羅的話語，它反問：「我們不出發嗎？」

「我們依舊航行，像過去那樣。」潘克羅答。

「找到新的移居星球。」機器人露出欣喜的聲音。

「也是。」潘克羅笑了笑。

「那我們出發吧。」機器人說完，打起精神，開開心心進入廚房，想為潘克羅準備一頓餐點。

潘克羅澈底失去時間，也擁有著時間。

他望著舷窗外，那些可能停駐的時空。

會不會剛好就是潘德諾曾經停留過的時空，幾歲的潘德諾……少年時在養父家成長的潘德諾……還是中年後返回老家的潘德諾。

我在病床上躺了很久，醫生說我有很大的心理創傷，腦部也有些問題，但幸運的是，手腳和身軀僅有擦傷。

老祖母幫我上法院，許多老祖母村裡的人為了那次意外，付出慘痛的代價。老祖母對一切感到無奈，她只希望不要再發生那樣的意外。

我好不容易覺得自己終於能夠下床，我試著走到醫院的通道上，我想去看看真實世界。猛一仰首就是刺眼的陽光，耳裡充滿吵鬧的汽機車聲響，所見皆是遠方的高樓和密集的房屋，這裡的確是我所生長的世界。

不知怎麼了，我不喜歡這樣的世界。

米圖祭司常常來醫院探望我。

她欲言又止，她總是對我搖搖頭。

我好不容易鼓起勇氣，我決定出院，我得回去城市，付完積欠的房租並且退租，還得辦理離職手續。

米圖祭司直到我預備回返城市的那天才開口，「你是否想再回去祖先那裡，他們需要你。」

「妳說什麼？」

「我不知道自己在說什麼，但是祖先說，你聽的懂。」

我不再對米圖祭司感到氣惱，我試著平心靜氣看著我眼前可憐的老人家，她是那麼的無助，她應該也不知道該如何在這個世界繼續努力下去。

我告訴自己，我必須放下過去童年的不懂事，我顯然已經對眼前這位老人家造成了某種程度的傷害。

我不該把所有過錯都推給米圖祭司。

我總算是瞭解我母親當時的狀況，在那當下就算是請到最好的醫生，也早已是回天乏術。我父親因為接受不了事實，他拋棄了我，他獨自去了很遙遠的地方，搭船，遠遠離開。

我突然不忍心再責怪眼前的老人家，我放下收拾中的公事包，我心想該是給米圖姨嬤一個大大的擁抱。

「對不起，對不起。」

我再度搭上火車，像童年時那樣。

當時的我卻是滿懷著怨恨，鐵了心要緊跟鄰居，一個長年獨居的老伯伯離開，老伯伯收養了被父親拋棄的我，老伯伯後來成為我的父親。

事實，是我自己毅然決然選擇放棄這裡，拋下老祖母跟米圖姨嬤。

又搭上火車，我終於放下童年的愚蠢，我對米圖姨嬤揮揮手，我告訴她，我會再回到這裡。

潘德諾的日記就停在他搭上火車前，歇息在月臺所寫下的片段。

潘克羅往後翻，就又回到潘德諾整理的傳說故事。

「他後來究竟去了哪裡？」潘克羅喃喃。

他開始翻找鐵刀木色櫃子，心中喃喃哼唱起祖父所教的歌曲，那些歌曲的句子就是暗號密碼，他翻找著，依據歌曲裡的順序，他反著唱，他順著唱，他一遍又一遍嘗試，試圖想要找尋隱藏在櫃子裡的資料。

「除了潘德諾依照自己當時語言所寫下的日記、地圖和傳說故事集，最初那些以烏帕語言所寫的傳說故事與紀錄呢？」

潘克羅想著：潘德諾也許在裡頭發現過時空之旅的祕密。

潘克羅來回拉開跟闔上抽屜，突然想起烏帕所唱的曲調，還有刺竹城那順時鐘漩渦的模樣，他便順時鐘打開最外層的抽屜，然後逐步往內層的抽屜，直到最後打開最中央的抽屜，鐵刀木色的櫃子，上蓋突然打開。潘克羅伸手往裡頭探，往內一找，真摸到像紙張般的物品，他一張一張抽出來，直到確定沒有任何遺漏，他把所有抽屜闔上，鐵刀木色櫃子的上蓋瞬間闔閉。

那是由醫院裡的便簽所寫的，一個個圖案，潘克羅又熟悉又陌生……烏帕唱著上面所記載傳說故事的模樣，彷彿才是幾天前所發生的……如今，潘克羅在距離原居星球十分遙遠的星際裡，他默默唸著：「我想回家，我真的想回家。」

警示聲大作，鳥神星號被撞上了，被什麼也沒有一般的暗物質撞上，緊接著整艘太空船都被吸引過去。

鳥神星號被看不見的能量帶著跑，循著某種星球軌跡正試圖穿過暗物質能量帶中的某一個時空，又是另一個時空，時空裡有的亮光閃爍，有的紅光一片，有的是藍白色的光芒，鳥神星號撞擊著那些時空，那些時空粉碎後又重組。

潘克羅已經無法掌控鳥神星號，他直望著潘德諾的手抄紙張，他決定把潘德諾的資料都帶在身上，用髒雪球裡的衣物綁成一個袋子的模樣，然後將所有資料都綁在他自己身上，他想著鳥帕，他想著刺竹林城，他想著他曾經畫過的地圖，鳥神星號像一顆星球開始發光。

我離開城市的時候，心情無比輕鬆。

再次踏上同樣的火車旅途，我又遇見上次見到的老先生，我提著隨身行李袋，小心翼翼經過老先生的身邊。

「回來啦。」老先生閉著眼睛說。

「我可以再回去嗎？」我低聲問著老先生。

「什麼？」老先生喃喃回應著。

「回到有烏帕的村子。」我持續說道。

「到站的時候，就會到了。」老先生模模糊糊說著。

我閉上眼睛，靜靜靠在自己的座位上。

無論如何，我還是想見烏帕一面，我想問她：未來也會跟著消失嗎？

第二十二章　守護者

潘克羅和鳥神星號快速穿越在一條時亮時暗的通道中，他對週遭景象感到熟悉也有陌生的畫面……那幾乎是不可能的，潘克羅以在鳥神星號的經驗，他該如何計算，才能回到祖先的原居星球，回到那個傳說已經消失的星球……在黑洞或中子星的合併軌道中，受到引力波的影響，在時空扭曲中，他又會如何穿越那些次元，回到心中所想的世界——某個粒子和另一個粒子，在距離一百四十億光年以上的距離，經由空間膨脹，超越光速的速度……潘克羅想著宇宙當中，還有另一個粒子，如果他自己是一個粒子，潘德諾是另一個粒子，兩個粒子是否有再見面的那一天。

這座島有許多意想不到的港口，除了西半部的沙岸，東半部也曾存在著許多貿易用的碼頭。船能登陸的地點，石塊林立。石頭就像是某種界線，石頭設下限制，港口也設下限制，一群人在岸邊以神靈的力量淨化那些外來的物品，外來的人就只能在某些時間到來。千萬別在不應該上岸的時刻出現，外來的人若是於神不在的時間點靠岸，可能會為當地釀成災禍。

島上的人站在高處，試圖警告那些不小心擱淺的船隻，要外來者在大浪中，趕緊駛離這座島。

我在沒有烏帕的時代，繼續觀察著這座島的故事。

這裡的村莊有許多跟米圖姨嬤一樣的人，但是沒有烏帕跟帕娜那般，被謠傳是神之子的祭司。

我莫名習慣待在這個世界……不知道是從何時起，我早已沒辦法待在自己成長的世界。我在這些村莊依照著烏帕所教的知識，盡全力想記錄下我所看見的一切。

火車再度穿過隧道的時候，我便出現在如今這個世界。陰雨綿綿的春天裡，平原開始播種。

烏帕所屬的時代，他們在平原上種植小面積的作物，大部分時間仍是會回到山林裡打獵，也在能出海的季節，他們仔細修補著船隻，以利出海抓取新鮮的漁獲。目前我所觀察到的村莊，已經多半不出海抓魚。靠海邊的村莊仍是如此，村子裡不再過於大範圍變動，他們遷徙的面積縮小，漸漸就分成山邊的、海邊的和平原的。

我目前所居住的地方，這裡有長的像塔魯的人，那個男人把我視為他的遠房親戚，還收留我住在他家。那座村子仍被刺竹林圍繞，站在高處看下去就像是一尾魚的形狀，魚嘴和魚尾的地方出入口縮小，魚肚的位置滿布屋子，屋子呈現漩渦般在魚的形狀裡圍繞。

我花了些時間弄清楚每間屋子裡的居民，我跟他們學習他們的語言，怎麼也就回想不起來，烏帕當時所說的語言，在那樣的世界，傳說都是說著同一種語言。

我很快學會永安所說的話，那個長的像塔魯的男人，他的名字喚做永安。永安盡心盡力提供我任何協助，他總是帶著一抹神祕的微笑。

有時候，我會懷疑眼前的世界，是否為被斯米拉望入侵後的未來。這裡的人絕口不提過去，他們沉默，他們漸漸說起同一種語言，一種外來的話語。這裡的人就像烏帕時代的影子，他們認真工作，卻彷彿沒有過去，沒有記憶。

潘克羅在扭曲的時空裡，漸漸看見年少的自己……他當時待在船艦上，閱讀著那些從鳥神星號傳送到其他船艦的故事，他發現有增減的部分，他偷偷做下紀錄，以潘德諾在日記本所提到的語言與符號，他寫的像圖畫，因此只有他一個人能夠明瞭所記錄下的事項。

潘克羅所看見的畫面一層又一層，從年輕時代回到祖父還存在的時空，以及祖父所講的故事，其中還提到在陰界等待的故事……那就像是由另一個時空穿越到另一個時空，時空散布在利薩如軌道上，小心接近，緩緩離開，循著規則，再度接觸。那樣的時空就像是一個個黑暗的隧道，路線扭曲成環狀，航行穿越過一個隧道，又一個隧道，彷佛潘克羅就是潘德諾，等待著到達又一個隧道。

「他們等待的是梯子。」潘克羅的祖父曾經說過，「那就像是平行的世界，我們這裡跟陰界那裡。總有一天，也許神就下來了，沿著大梯，我們也爬著天梯上去。」

「就像天神媽媽來帶走被留在陰界的孩子，那個孩子的人類爸爸也是跟著天神妻子爬天梯去到天上。」年幼的潘克羅回憶祖先說過的故事。

潘克羅漸漸看見的是年輕的祖父，看見祖父抱著還是嬰兒的父親。

潘克羅還看見船艦尚未出發的模樣，那是原居星球變得荒蕪的模樣，黃沙被風陣陣捲起，颳過那些剛製造完的船艦。

門一打開，強風瞬間灌進年幼祖父的房間。祖父緊抓著大門，把門重新關上，祖父拚命鎖上許多道鎖，那是一間沒有窗戶的房間。

接著是祖父出生時的畫面，眾人圍繞著一個嬰兒，嬰兒的祖父拿出一本古老的書，象徵性傳承給嬰兒。

然後是嬰兒的祖父走出家門，他變得越來越年輕，他穿著粗布衣裳走入農田，有個老人坐在工作寮子裡。

老人交代幾句話，他漫步到火車車站，他買了張單程票，他搭上火車，老人消失在隧道裡。

老人用走的，緩緩離開山洞。

老人變得越來越年輕，老人的面貌轉變得越來越相似於潘克羅。

潘克羅一驚，他伸手想去抓。

他的手突然便穿出鳥神星號，他的手瞬間便觸碰到畫面裡的那個中年男子，潘克羅感到一股巨大的吸力，潘克羅一陣天旋地轉。

潘克羅再度醒來，他身上揹著潘德諾的資料，他的衣物又變得寬大，他捲起袖子和褲管，他茫茫然吞下口袋裡的藥物，他比上次到達時還快適應眼前的光亮與沉重的星球引力。

他起身，他聽見溪水的聲響，他慢慢走了過去，這次，他看見自己的模樣，真如同他少年時代的樣貌。

他又低頭往地面上尋找，他看見自己的影子，他還聽見麻雀吱吱喳喳的叫聲，他沒多久便發現溪水邊有黃色和白色的小花。

潘克羅有些吃驚，他並不是出現在陰界的時空。那他還能再見到烏帕嗎？他還能夠與潘德諾相遇嗎？他心中有許多疑問。

站在溪床邊，潘克羅不禁往溪水的盡頭看，太陽在相反的方向，海邊早已紅霞滿天，紫紅色的雲朵伴隨著橘紅色的雲，越往海邊走，越發現海水盡頭的雲早已是藍灰色一線。

海邊有些牛在散步，防風林內，也有一些牛在吃草。

潘克羅的眼睛變得有些迷濛，他回過頭去往岸上走，循著過去畫地圖的經驗，他得往山邊走，才有機會遇到類似烏帕村子的那類村莊。

跨過溪床，潘克羅拐個彎，那裡真有村子卻顯得不夠古老，他沿著溪水的左岸，更往山邊的樹林裡鑽，他什麼都沒發現，只能撿拾一些柴火避入山洞中，他在山洞裡以石頭熟練生起篝火，他就坐在火堆旁取暖，他抱著雙膝，頭擱在膝上，沒多久便昏沉沉睡去。

那是一條草叢密布到錯綜複雜的小徑，潘克羅花了許多時間，在草叢堆中，發現曾經有刺竹林痕跡的竹子根狀莖裸露在土堆上。沿著舊時刺竹林的出入口方向，無風的草叢堆中，卻不時有沙沙聲響。

潘克羅快步通過舊日刺竹林圈遺留下的途徑，他想像著眼前應該出現那座架高簷廊的屋子，屋頂上則鋪滿防水的白背芒，細葉的白背芒下則有厚實寬葉的芒草莖，那屋子呈現著冬暖夏涼的舒適景致。

他這麼一想，一踏出草叢堆中，便看見一座屋子，屋子滿布著蕨類，荒涼在林子間。

潘克羅有些失望，他回過頭又去看，忽然間，那刺竹林圈卻發光了，刺竹林圈轉眼便回到往日茂密刺竹林圈的面貌，他轉身再看，屋子竟也脫去一身斑駁滄桑，恢復到昔日往常乾淨整齊的樣子。

一名老婦人緩緩步出屋外，老人家似乎看不大清楚，她吃力扶著屋子，她開始吟唱歌曲。

「烏帕的聲音？」潘克羅脫口而出。

「是誰？」老婦人立刻做出防備的姿勢。

「烏帕？」潘克羅納悶又喊道。

「你是誰？」老婦人試著踏出屋外。

潘克羅連忙跑上前去。

老婦人後退，她抓起掃把揮舞。

「妳是烏帕嗎？」潘克羅又問。

老婦人動動耳朵，她小心謹慎步出屋子，她來來回回端詳起潘克羅。

「你是那個穿著奇怪衣服的少年。」老婦人說。

潘克羅直點頭。

老婦人趕緊抓著潘克羅的雙手，她十分激動，「我以為你消失了，不見了，不知道去哪裡了。」

「這裡是哪裡？」潘克羅滿腹疑問，他得一個個釐清。

「所有的一切都消失了。無論我怎麼記錄，傳說的力量就是沒辦法跟外界的力量連結。那或許是因為斯米拉望逃出自己世界的原因，所有時空全混亂成一團，陰界於是不見了。等我醒來的時候，我又成為活生生的人，我一日一日老去，一日一日等待，我想著總有一天會有人帶著辦法回到這裡。」老婦人滿心期待。

潘克羅心一愣，他想起遠離原居星球的艦隊，「對不起，恐怕要讓妳失望了，陰界跟這裡，後來都不見了。」

老婦人雙手一攤，她嘆下一口氣，慢慢坐在簷廊上，嘴裡喃喃著：「怎麼會變成那樣……」

「但是我又回來了。」潘克羅希望能帶給烏帕一點振奮的力量。

烏帕仰頭望，對潘克羅一笑，「你找回了你自己。」

潘克羅點點頭。

「你叫什麼名字？」烏帕問。

潘克羅思前想後，他決定代替潘德諾活在這個世界，「我叫做潘德諾。」

「潘德諾，潘德諾……」烏帕喃喃唸起，她仰頭望向天空，「我母親來接我了，起碼天神的世界沒有消失……」

潘克羅仰頭望，天空驟然烏雲密布，瞬間黑暗一片中，有閃電落在刺竹林圈的上方，一座亮得刺眼的梯子漸漸由雲端降下。

烏帕趕緊起身，急著拖起蹣跚的步伐進入刺竹圈，她等待太久了，她禁不住內心的狂喜，直盼著梯子緩緩落下，她趕緊伸手去撈梯子，她試了好幾次，當她猛然一把抓住，她開始奮力往上爬。

「烏帕，妳要去哪裡？」潘克羅有些驚慌，他在屋子旁大喊。

「我的天神母親來接我回天上了。潘德諾，無論你是誰，請你持續守護傳說，那些古老的故事有力量，從很久以前到斯米拉望突破他們世界之前，都一直在維繫著世界。」烏帕越爬，身子越輕盈，她漸漸變回過去潘克羅所熟悉的模樣，是烏帕少女的面貌。

梯子啪一聲消失在潘克羅的面前，等他本能閉眼又睜開雙眼，他人仍在山洞裡，篝火尚未燒完。

潘克羅步出洞穴外，山洞位置較高，能看見平原處有陌生村子的亮光。潘克羅仔細回想烏帕屋子的正確位置，他得盡快到達屋子，才能知曉他做的夢，究竟是一種預言，還是已經發生過的事，或者就只是一場夢。

潘克羅等到天空開始出現靛藍色，他急著熄滅火堆，他離開山洞，直往過去熟悉的路徑走去，地貌沒有多大改變，不一樣的是村子出入口的方向，許多新的村子都蓋成長條狀，路就被設置在兩排房子中間。潘克羅有時得穿越別人家的芒草屋子，有時得鑽進古老的巷弄，鑽進鑽出後，他又沿著年歲已久的榕樹林走，他慢慢走進夢裡的草叢，真看見刺竹林乾枯的竹子根莖。

他依循著夢裡的記憶，走出草叢，林子裡，真有一座古老的茅草屋，他小心翼翼喊道：

「有人在嗎？有人在嗎？」

他走向屋子，他輕輕推開木門，灰塵瞬間奪門而出。

潘克羅摀著嘴鼻，開始咳嗽。

他打開窗戶，他轉身進入樹林，他撿拾樹枝葉當掃把，他裡裡外外整理著屋子，那裡的樹皮布就像斷垣殘壁般，潘克羅不敢再有所動作，有些樹皮布在風吹過後，轉瞬間便成粉屑。

潘克羅趕緊拿出綁在身上資料袋裡的儀器，他前前後後裡裡外外全都掃描一遍，包括那些曾經放滿樹皮布的木架，他掃描過那些即將風化的傳說故事，他確信沒有一個角落遺落後，他關下窗戶，他關上門，他小心翼翼踩踏而下那屋子，轉眼屋子不復存在。

第二十三章　神話

離開烏帕村子的潘克羅，待在附近林子間，他發現有倒臥的巨大石塊，便將剛才掃描過屋子的隨身儀器掏出，他投影在巨大石塊上，想從龐大的資料堆中，尋找蛛絲馬跡。

儀器記錄下屋子在原居星球的經緯度，找出屋子所處的氣候位置，當時屋子內外的溫度與濕度，還有屋子所使用的建材，以及推測木架上曾經擺過物品，還掃描出木架上曾擺過樹皮布數量，以及樹皮布上面的圖文資料也分層記錄在掃描器內。潘克羅逐一觀看，掃描器所復原的屋子內外環境，還有架上的物品資料，一件一件彷彿烏帕還在時那樣。

潘克羅趕緊搜尋可疑的重點，並且回憶當時自己串樹皮布的情景，他那雙眼睛所記錄下的傳說故事。

潘克羅一一用口述，儲存在掃描器內。

最初祖先不是生活在這座島上，一開始，祖先跟天神很相像。

天神住在天上，天上有梯子，天神隨時能爬下梯子，他們跟相當久遠以前的祖先講話，他們一起生活，他們成為夫妻，他們一起離開，爬上梯子，回到天上。

傳說有一位女神生下的孩子，意外離開人世，女神把孩子送到陰界，讓孩子去管理陰界，女神過於傷心，她招喚梯子，她想回到天上。女人的丈夫不願意離開女神，也跟著爬上梯子，女人的丈夫因此變成天神。

跟天神很相像的祖先，一開始有高大的身體，吃很少的東西，也不會感覺到肚子餓，那時世界只要每天產出一粒粟米，就能煮滿飯給全部的人類吃。

後來天神不再出現，往返天上的梯子也消失了，祖先開始需要辛勤耕種，遭遇過一次又一次的大水襲擊。

某次大水襲擊後，祖先從奢納賽來到這座島。

中途或許經歷過其他島嶼，好不容易才上岸。

在這座島上，梯子又開始出現，天神用梯子跟祖先溝通，天神教祖先許多知識，祖先得以在這裡繼續傳唱很久以前的故事。

潘克羅看著掃描器內的資訊，凝望著有關於地震的片段紀錄，他還發現有怪物會襲擊島嶼的傳說。他翻看早期樹皮布紀錄裡，海上相當熱鬧，祖先似乎擅長航海，並且頻繁往來海洋與島嶼間。

紀錄中，有許多捕魚的故事。

船就像是祖先的腳，旅程不只是在這座島附近。

樹皮布上有脫落，那些不知名的島嶼，就像沉落海洋深處，成為珊瑚礁聚集所掩蔽的地域。

潘克羅看著那些脫落的符號和文字，都覺得那是一個個漩渦，直把他的目光吸住，然後跟著沉降到海洋底部。漩渦底下到處黑暗一片，也許能踢到過去地層上的石頭，還可能被躲在沙地上突然躍起的章魚追，或許還要沉得更遠，直至海溝深處。那裡，就是漩渦力量的來源？

海是祖先力量的來源。

過去的人究竟是如何站在船上，就像站在陸地那般穩固。

又是何時離開海洋，決定往山林盡處生活。

聽說有海怪。

在滿布青剛櫟樹的山林裡，漸漸往高山上走去。

沿著山脊走，高處的風也像海浪在湧。

北方來的人……市場……越過山到達此地的商人……因為糧食問題與養著獵犬有著咬人特

卡茲力量的村子吵架……金髮碧眼的人……紅頭髮的人……黑髮白皮膚的人……瘦弱騎著馬匹揮舞刀劍的人……在森林裡開槍的人……。

潘克羅閱讀著，他發現陰界傳說的紀錄中斷，他從資料上看見越來越多會傷人的靈魂還遊蕩在人世間。陰界是怎麼消失的？潘克羅思忖著。

祭司仍可以靠梯子跟天神溝通。潘克羅讀著資料。

靈魂使人生病的紀錄是越來越多。

潘克羅繼續翻找，直到同一個年代的資料裡，都只剩下祭司的對話，那些話語記錄下，祭司如何跟靈魂溝通，好使人類死後殘餘的精神力量，不要再使其他活人生病。

「疾病似乎是嚴重的問題。」潘克羅喃喃。

疾病使村人面臨死亡威脅……只剩下祭司還記憶著祖先的故事……村裡的人忙著治癒疾病……田裡的作物也遭遇疾病……潘克羅閱讀著潘德諾日記裡沒有的紀錄。他想著：或許村莊的消失也跟疾病有關。

潘克羅低語著：「看來，外來的人漸漸嚴重影響原來村莊裡的人……戰爭……疾病……出草……」

永安在屋外製作著板凳，我也跟著從木料上，一塊一塊切削，能組成椅子的零件。相較於太陽底下，屋內很陰暗，窗戶在後面的廊道上，正中央的祖屋是祖先休息生活的地方，相對於戶外，必需要點燈才能看清楚深色木桌上的青菜跟米食。

永安做好凳子，他招呼我進屋去吃飯。

同時，永安的妻子在田邊喊著孩子回家。

永安要我先坐下，他回頭望著供奉祖先的桌子，他稍早一上過香，他低頭思索，他喃喃著，看起來是好不容易才下定決心。

永安吞吞吐吐同我說起：「你認識塔魯嗎？」

我心底一愣，我點點頭。

「塔魯是我的曾祖父。」永安滿臉不可思議，「我夢過你，在我遇見我祖先的夢境。」

永安望著門外，他看著遠處的山，「回山上的時候，我在祖先的屋裡睡，我因此看過你。」

這下，換我感到不可思議。我心想：塔魯一直認為我是他的同村兄弟，那麼眼前的永安或許正是我的祖先，也說不定。

「祖先歡迎子孫回家。」永安說完，他起身，他給我一個大大的擁抱。

我也抱起永安。

「能看到你真好。」永安說完，便開始吃飯。

我只弄懂，那是永安歡迎我的原因。

我不清楚的是，在永安心底，我是他的子孫，還是他的祖先。

永安似乎一點都不訝異我的存在，他認真吃飽飯，然後離開桌子。永安的妻子剛領著孩子進屋裡來，我一看，趕緊隨口扒起幾口飯，便趕緊離開座位。永安的妻子領著孩子們上桌，孩子們吵吵鬧鬧吃起晚飯來。

潘克羅翻看著掃描器內的樹皮布資訊，其中有一疊資料，明顯偏小，那像是一本筆記本就躺在兩疊樹皮布間，潘克羅放大，然後將資料分層打開。

永安的村子離烏帕原本的村子不遠，地點位在更靠近平原的位置，站在田邊就能望見烏帕原村子的那座山林，那是一座矮丘陵，屏障著後頭更高的山。

永安他們就住在溪岸旁，沿著溪水往中下游走，繞過一座沙洲，在距離溪水轉彎處約兩、三公里的位置，田地都是水道沖積而成，村子所在位置的地勢則明顯比田地高，看起來以前可能是土墩。永安要我安心住下，他下田的時候，我偶爾跟著去。

潘克羅發現潘德諾的蹤影，那是連祖父也不知道的片段，是失蹤後的潘德諾所留下的紀錄？潘克羅又驚又喜。他想著潘德諾應該曾回到烏帕的屋子，把日記遺留在擺滿傳說的木架上……潘德諾也是在烏帕屋子老去的嗎？潘克羅旋即開始擔憂，他打開掃描器，並沒有發現屋子裡裡外外有人骨的蹤影，就連墳塚的痕跡也沒有。

潘德諾放下日記後，他到底會去什麼地方呢？潘克羅思忖著。

第二十四章 相遇

潘克羅走出烏帕村子附近的森林，他預備前往潘德諾日記裡那個名叫永安的人所居住的村莊。

潘克羅得先越過寬廣的溪岸，那看起來不容易，看溪水湍急，稍早山上肯定下了場暴雨，他凝望著那些沙洲，他來回環顧溪流的流向，他決定越過支流的沙洲，好到達永安的村莊。

潘克羅選擇狹窄的支流，看上去像是水圳的遺跡，兩旁的草木密集，但只要走過沙洲，到達對岸高處的土丘，他有把握能繞到潘德諾可能生活過的那座村子。他腳步踏穩後涉水而過，小心翼翼到達對岸的土丘，他一望，溪流在這沖積而出的平原裡彎彎曲曲，又將土地劃成好幾塊，像鵝卵石散落在溪岸旁。

他只好一一比對，面對著烏帕村子的方向，想像潘德諾會如何走……該越過哪座沙洲，到達距離溪水兩、三公里的地方。

潘克羅走了一會兒，他很快發現，有座村子似乎有條祕密小徑，小徑能快速過溪，爬上烏帕村子的那座山林。

潘克羅戰戰兢兢，他走進村子，沒有犬隻吠叫聲。

他只好繼續等待。

我鎮日坐在永安的村子，想著過去所發生的一切。

烏帕的世界消失了，永安村子裡的情況也是一年不如一年。

永安村裡的米圖祭司見著我，就像我那位米圖姨嬤般，她總是對我搖搖頭。

永安去問米圖祭司一些事，我跟著去看。

米圖祭司花了許多時間唱歌，她的歌聲不知道為何越唱越小，小得像是對著什麼東西在唱，像是對著很長很長的水管，歌聲被包在水管間傳遞，我和永安都聽不清楚，米圖祭司唱了很久，她沒有找到任何回應，她搖頭。

永安不為難米圖祭司，他道謝後，便準備離開。

我開口，「你還有其他辦法？」

永安猛然轉頭，他盯著我瞧的模樣，就像是昔日的塔魯，他眼神透露著憤慨，讓我知曉，我似乎說錯話了，猶如犯了禁忌。

「對不起。」我立刻跟永安道歉。

「祖先的家離我們越來越遠。」永安嘆了口氣。

「我們做錯了什麼嗎？」我囁嚅著話語問。

永安搖搖頭，「祖先要去的地方太多了。」

永安凝視著村外的墳塚，我看著不遠處人家的祖先牌位，山邊則有一處教堂，我想像著烏帕那時代的村子，如果要住下更多更多的住民，村莊腹地範圍會縮小，村落會沿著溪岸一處又一處接著四散。

「祖先只剩下影子，影子會為我們指路。」永安邊走邊說。

我低頭望著影子，只看見我踉踉蹌蹌的身影走在石子路上。

「祖先的家就是村子的影子。」永安說道。

我愣住了，心想：難道那就是陰界沒有影子的原因。

永安繼續往前走，我跟他的距離越拉越遠，我看見村子裡的唯一一盞路燈，不知為何把永安的影子照得模模糊糊，彷彿轉瞬間就要消失。

沒有人出來淨化潘克羅的身體，他只好躡手躡腳打算自己闖進村子裡去。

先是看見一棵古老的榕樹，榕樹後方則是一片墳塚，墳塚後邊接著田地，田地邊則各自散落著竹林，竹林的後方開始出現第一座屋子。

「有人在嗎？」潘克羅連忙喊。

「請問，有人在嗎？」潘克羅接連喊著。

好不容易屋子的門被打開，裡頭有個老人拄著拐杖，老人頭戴鐵灰色歐洲報童帽樣式的帽子，身穿灰色的粗布長衫，搭藍色長褲。腳下的黑色布鞋侷促在老人家的腳下，老人踉蹌走著，搖動起微駝的身軀和瑟縮在衣物間的脖子。

老人家走進潘克羅身邊一看，「永安，沒叫你下田跟著耕作嗎？」

潘克羅一聽，跟烏帕村子所說的語言不一樣。他趕緊回憶祖父教過他的那幾種語言，好不容易對上了。

「你還不去田邊巡田水？」老人家又說。

潘克羅還來不及搖頭，遠遠就看見兩個中年男子從巷子盡頭走來。

老人家搖晃著身軀，往巷子盡處看，他有些詫異，他轉頭，又望向潘克羅。

老人家來來回回看了好幾次，一驚嚇，趕緊喊起屋裡的白色狐狸犬，「小白，小白。」

只見白色狐狸犬跑出家門，開開心心對著潘克羅搖起尾巴。

老人家拿著拐杖一邊對著潘克羅揮舞，一邊對白色狐狸犬說：「小白，那不是阿諾，那是陌生人。」

巷子近處的兩名中年男子見狀，也趕緊往老人家身邊跑，「沒事吧，阿水伯。」

潘克羅急忙解釋，「抱歉，我不是壞人，我是來找人的，我來找人的。」

「你找誰？」永安發出若猛獸警告的聲音問道。

這一問，永安也大吃一驚。

永安看著潘克羅，轉頭又看向潘德諾，他驚訝不已，許久才問起，也同在驚詫中的潘德諾，「這是你的孩子嗎？」

潘克羅看著潘德諾也發了好一會兒呆，回過神後，急著解釋，「我是他姪子，應該算，就當做是姪子吧。」

「你是誰？」潘德諾眨巴著困惑的雙眼問。

潘克羅思前想後，就明說：「你是我的太叔公祖，我是你姪子的曾孫。」

站在一旁的老人家，聽見了，急忙問永安說：「這孩子在胡說什麼，阿諾那麼年輕。」

「鄉下人家，輩分問題啦。」永安忙著敷衍過去。

永安轉身，他推著潘德諾和潘克羅，「走吧，我們都進屋裡去。」

永安還不時回頭對老人家說：「遠房親戚啦，遠房親戚。」

潘克羅被永安推到巷子轉彎處的屋子，他一踏進門，幾個孩子便圍繞在他身邊，「叔叔，今天講什麼故事？」

孩子們拉著潘克羅好幾下，才驚覺潘克羅好像並不是他們所想的那個人，他們定睛一看，頓時都發出尖叫聲。

「是哥哥，叫哥哥。」永安對孩子們解釋。

孩子們很害怕陌生人，卻瑟縮著身軀在另一扇木門後邊。

「我叫做潘克羅。」潘克羅大聲自我介紹，「你們好，我是潘克羅，我是潘德諾的曾曾孫輩。」

幾個孩子聽了，才跑出木門外，「是叔叔家的人？」

潘克羅對孩子們點點頭。

孩子們笑了，就跑到後屋去。

「你為什麼在這裡？」潘德諾仍舊吃驚著。

「我是來找你的。」潘克羅答。

找我？

潘德諾思索著，怎麼也不會有人來找他的，他可是囑咐過自己的姪子。

這是怎麼回事？

潘克羅望著潘德諾困惑的雙眼，他急忙說道：「祖父把你的日記留給我，我因此去過烏帕的村子，我這次回來則是要找到你，我想知道，你失蹤後，究竟都去了哪些地方。」

永安聽著潘克羅的解釋，他總算是相信了潘德諾之前的解釋。

「你們都是從以後的村子來到這裡的？」

潘克羅點點頭。

潘德諾也點點頭。

「我們還繼續存在。」

潘德諾點點頭。

潘克羅遲疑了，他點了一下頭，然後大力搖起頭來。

「發生什麼事嗎？」永安問。

「不見了，這裡的一切都不見了。」潘克羅說。

潘德諾很是吃驚，「我離開的時候，明明還好好的。」

「怎麼會那樣？」永安問。

「不知道。」潘克羅想著該如何說明後來發生的一切，「我祖父離開的時候，艦隊上的人們都說，這裡即將消失。」

「你從哪裡來的？」潘德諾納悶了。

「我是從外太空跑回這裡的。」潘克羅答。

「外太空是什麼？」永安越聽越迷糊。

「這裡不見了，所有人都搭上太空船跑走了。」潘克羅答。

「船？」永安試著瞭解潘克羅所說的話，「是因為大水嗎？子孫們又搭上船離開這裡，去到你說的外太空？」

永安不禁感到震驚，「外太空？外太空。外太空是那個叫做奢納賽的地方嗎？那裡漂亮嗎？那裡的生活如何？你們又回到祖先的故鄉裡去了嗎？」

潘克羅想搖頭，潘克羅不知道該如何回答永安，只好反問：「奢納賽是什麼？」

「是祖先古老的家鄉。」永安答。

「那是什麼地方？」潘克羅又問。

「一個遙遠的故鄉。」永安說。

「確切的位置是在何處？」潘克羅問。

永安沒有回答。

「已經沒有人知道了。」潘德諾說道。

永安瞅了一眼潘德諾，他嘆了口氣。

潘德諾則問起潘克羅，「你找到我了，然後呢？你要帶我回去？」

潘克羅搖搖頭，「你的日記說，你會一直待在這裡。」

「我會一直待在這裡。」潘德諾說。

「這樣，我才會因為你的日記，來到這裡找你。」潘克羅一笑。

永安看看潘克羅跟潘德諾，他好不容易下定決心，他鬆口了，「去吧，你們都去吧。」

「去哪裡？」潘克羅問。

「去你們想找的那個地方。」永安說。

潘克羅一臉不解。

潘德諾連忙道謝，「謝謝你，永安。」

「答應我，不要讓這裡消失。」永安拐進後屋。

潘德諾趕緊對潘克羅說：「你在這裡等我，我會帶你去想去的地方。」

「真的有奢納賽？」潘克羅不禁大吃一驚。

「你不就是為了奢納賽，才會回頭找我。」潘德諾說。

第二十五章 中途島

潘德諾收拾行李，告別了永安，他領著潘克羅直往海邊的方向走。

「我在這裡留了一艘船。」潘德諾從草叢中，拖出一艘帆船，「來吧，一起把船組裝好。」

潘克羅看著船，不禁納悶，「你什麼時候做好這麼一艘船？」

「我一直都想去看看，既然遇過烏帕，又回到永安的村莊，我想，我們也有辦法回到奢納賽那時的時空。」潘德諾說。

潘克羅對眼前的旅途感到迷惘，他望著帆船，擔心著是否要申請航行的權利，「奢納賽不會在這個時空裡，我們也許會有危險。」

「我知道奢納賽可能的時空。」潘德諾說完，他從布包裡拿出一本筆記本，裡頭夾著一張古老的海圖。然後又是另一本筆記本，裡頭也有另外一張紙，紙被原子筆戳洞過，潘德諾將紙張跟海圖合而為一。

「這就是永安所說的故事。」潘德諾指著紙張，「你看這些島嶼。」

潘克羅看了好一會兒才發現，「海流邊的島嶼。」

潘德諾又拿出一張世界地圖，「我花了好久的時間，才將地圖跟永安所說過的那些故事對上。」

「他們沿著海流，然後選擇上岸地點。」潘德諾又說。

「只要跟著海流，就能找到祖先最初生活的地點，那個地方就是奢納賽。」

「但是海流並非不變的。」

「全球氣溫？」

「得想像是幾千年前的光陰。」

「但是要怎麼回到當初的時空呢？」潘克羅問。

「時空有裂縫。」潘德諾從筆記本中又拿出另一張圖紙，「這是火車出事的隧道口，裡頭有許多片段時間，只要想著對應的時空，接觸到對應的片段時間，就能自由進出。」

「但這次我們得從海上出發？」潘克羅有些不知所措。

潘德諾胸有成竹，「聽著，陰界是現實世界的影子，是一個完整的四維時空。陰界消失後，現實世界因此被放大，總有一天會逐漸塌陷。所以當務之急，我們必須回到陰界一開始出現的時空，也就是祖先家鄉的源頭奢納賽。」

潘克羅很是訝異，「太叔公祖，你為什麼能知道那麼多的祕密？」

「我一直待在人類早就遺忘的傳說年代，我拚命在裡頭拼湊著傳說所留下的資訊，好不容易才還原烏帕時代所發生的事件緣由。」

「那麼斯米拉望是怎麼逃出他們的時空呢？」

「祖先試圖以代代相傳的吟唱歌謠維繫住影子的時空，當人們忘記吟唱的故事，影子的時空就會漸漸失去力量。」

潘克羅這一聽，感到萬分驚訝，在未來的世界裡，艦隊上的人全都被禁止談論傳說，人們只能閱讀，僅當做是祖先歷史的一部分……難道這就是原居星球消失的原因。

等到傍晚時刻，潘德諾和潘克羅把船放到海面上，他們跟著帆船，開始在海上航行。趁著天黑，潘德諾他們划著槳，像是一艘準備在近海捕魚的私人船隻，他們沿著海流往南邊漂，只要跟對海流，他們並不需要花費多大的力氣，海流會將他們往東邊帶，若是錯過往東邊的海流，便會進入往西邊的海流。

潘克羅只知道傳說裡提到的那些相對於南方的島嶼，至於究竟該往東邊還是西邊漂流，潘克羅並不清楚。

「時空的盡頭就在海面上。」潘德諾邊說，邊調整風帆。

「我們該往何處走？」潘克羅將槳固定在船身。

「那時，我穿越過沙漠，也走過草原。」

那時？

潘克羅想起烏帕在刺竹圈試圖以傳說的力量，將斯米拉望禁錮回自己的時空，好挽救陰界的村子。

斯米拉望像是陰界的影子。

陰界卻是現實世界的影子。

潘克羅好意外，原居星球並不只是在三維時空中，原居星球跟宇宙上的各種星體一樣，都存在於多維時空。

「跨過那山壁、溪谷、乾枯的森林、沙漠、石堆和草原，好不容易到達海邊……當時，我並不知道發生何事，我便回到我原本的時空。」潘德諾繼續說道。

「是烏帕。」潘克羅說。

潘德諾有些驚訝，「我並沒有寫下關於那時烏帕究竟做了什麼事。」

「我去過那裡，在烏帕的屋子。」

潘德諾一笑，「你也找到穿越時空的通道。」

「是你的日記，是粒子間的引力。」潘克羅拿出古老的日記本，「就算只有一個粒子，在遙遠的另一端，還是能互相聯繫著。」

潘德諾望了一眼自己的日記本，「我想我應該不能翻動那本日記，屬於我的日記，並不在我的身邊，我已經將日記本留給我的姪子。」

「我可以翻，因為我是你姪子的曾孫。」

潘德諾點點頭，「我回到原本的世界之後，再度回返烏帕的村子，回到烏帕在刺竹圈吟唱傳說故事預備封印世界的那刻，其中一塊樹皮布卻脫落了。我追著樹皮布，烏帕卻什麼都想不起來，她失去了某段傳說的記憶，刺竹圈的力量漸漸流逝。」

「烏帕便是那時候一天一天開始衰弱。」潘德諾綁好船帆，他回頭望著潘克羅說起，「村子並沒有恢復原狀，所有人包括斯米拉望被吹得四散，沒有人知道他們到哪裡去了。」

「烏帕也離開了。」潘克羅說。

潘德諾點點頭，「烏帕離開陰界，陰界才完全消失。」

「我想她最後一定是回家了，在某個時空中。」潘克羅說。

「只剩下我一個人在屋子裡，我努力整理完烏帕屋子裡的資料，才又重新踏上時空旅行。」潘德諾說。

潘克羅和潘德諾兩人不禁為彼此的遭遇感到驚奇，看來他們對未來的旅途也得更加處處小心，以免錯過對應的時空。

海面上不時有漁船的燈亮過，潘克羅他們躲在暗處，繞過島嶼，沿著地圖，順著海流，往海的盡處走，他們相信在那裡，一定會有時空通道，恰好將日和夜分開。

船越划越遠，風持續吹送。

太陽和月亮不知從何時起，便開始快速輪流出現在潘克羅他們的頭頂上，潘克羅本打算休息，他得跟潘德諾輪班，關注著航行上的安全。

海流不知怎麼也轉眼消失無蹤，潘德諾他們的船漸漸陷入迷航中，在那樣的海洋沒有風，沒有浪，海水平靜的就像是一面巨大的鏡子。鏡子裡則映著另一艘船，還有另一個潘德諾和潘克羅。

「還有另外一個我們嗎？」潘克羅問。

「全部的我，都在這裡了。」潘德諾自信回答。

潘克羅點點頭，「你的確失蹤在你的世界了，但我並不清楚，我是不是也在我的世界裡失蹤了。」

「划吧，這裡是無風帶。」潘德諾說。

「我們該往哪裡去？」潘克羅問。

潘德諾不作聲，他開始更加努力划起船槳，他急著想親身去觸碰那海天交接的地帶。

無風的海面上，光靠兩個人輪流划船，是無法讓船擺脫眼前的荒涼地帶，世界像是被靜止了。

經過好長一段時間，潘克羅他們只能聽見彼此搖著船槳的聲響。

忽然一陣吵雜聲，倒叫醒了不知道何時睡去的潘德諾二人。

天色昏暗且陰鬱，潘克羅先醒來，他慌張搖動船隻，差點使他和潘德諾兩人跌入海中。

潘德諾瞬間驚醒，他立刻穩住船隻。

「什麼聲音？」潘克羅問。

潘德諾瞇起眼睛，環顧四周，發現有其他船隻在不遠處的海面上。

那另外一艘船隻似乎也發現潘克羅他們的船，船隻上的人掏出槳，奮力就想往潘克羅他們的船隻靠攏。

「是敵是友？」潘克羅問。

潘德諾倒是感到訝異，「有人類的話，就代表，我們已經成功穿越時空。」

「人類？」潘克羅並沒有那般樂觀，他小心警慎望著海面，深怕船隻上的東西，可能是鬼怪，就像斯米拉望那些。

遠方的船隻喊叫著。

什麼？

潘克羅仔細聽著，越聽越覺得話語熟悉，他很是吃驚，他望起潘德諾。

「類似烏帕村子的語言。」潘德諾說。

潘德諾於是對遠方船隻揮揮手，船隻划得更加起勁，不一會兒，船隻上的人影越來越清晰。

那是三個人影。

潘克羅努力張望，船上載有一名少女和兩名少年正緩緩靠近。

「得救了。」少年們對著潘克羅他們揮揮手。

潘德諾也撥動起槳，讓兩艘船靠攏。

「請問這裡是哪裡呢？」少女一臉驚奇，卻仍小心翼翼問道。

潘克羅搔搔腦袋，他看著四周平靜無波的海洋，一時間也不知道該如何回答。

「我們還在航行。」潘德諾回答。

「這附近沒有陸地嗎？」其中一名少年問。

「那得看天上的星星。」潘德諾邊說，邊拋出繩索，將對方的船拉進，「休息吧，我們等鳥隻飛過，那便表示陸地不遠了。」

少年們和少女一聽，難掩失望。

「喝口水，再想想辦法吧。」潘德諾說。

少年們和少女於是聽從潘德諾的安排，他們喝了幾口潘德諾船上的淡水，心情好不容易平靜許多，便在星夜下，繼續辨識著航行的方向。

第二十六章 旅途

在清晨尚未破曉時分，藍灰色的夜幕籠罩，潘德諾知曉這是大雨來襲前的警訊，他調整好船帆，划著槳，順風，他們離開平靜無波的海洋，得趕緊想辦法靠岸。

少女先醒來，她急忙划槳，想幫潘德諾一把，兩艘綁住的船隻，現在看起來像是雙體艉船，潘德諾還將備用的船帆綁上木桿，沒多久便在少年們的船隻架設好船帆。

幾番浪打來，少年們漸漸清醒，仰頭一見，天空早已烏雲密布。

他們急忙想駛離雨雲，在一陣悶悶的雷聲中，眾人彷彿都聽見鳥隻的聲音。潘德諾動動耳朵，他立刻調整船帆的方向，少年們也跟著做。

潘克羅醒來之後，也急忙加入划船的行列，一次又一次調整著船行進的方向，果真天邊開始有鳥隻飛行。

「跟著牠們！」潘德諾說。

「全速前進。」潘克羅加緊划船的速度。

少女見狀，也急忙配合起潘克羅的速度，兩艘船快速在海洋上，往鳥群飛行的方向。

閃電瞬間打落海面上，雙體船已經衝向沙灘。

潘德諾指揮大家將船帆收好，他們一起把兩艘船拆開後，推入岸邊的草叢藏匿。

潘德諾小心爬上樹木，他迅速觀察出島嶼的地勢，在閃電越來越靠近前，他領著眾人往岸上跑，沒多久爬上岩石區，岩石中有岩洞，潘德諾隨手拾起石頭將枯枝點燃，往岩洞裡一丟。

蝙蝠飛了出去，火光緩緩燃燒，直到枯枝燒盡。

潘德諾又點起幾根樹枝，他將火把交給眾人，又領著大家走進洞穴。

火光將洞穴照亮，岩洞裡有風聲之外，並沒有其他動物的聲響。

幾隻蝙蝠飛回洞內，幾隻蝙蝠徘徊洞外。

大雨嘩啦啦轉瞬間落下。

蝙蝠又飛入洞穴內，眾人聚在洞口附近避雨，避免打擾洞穴裡頭的蝙蝠。

隨著雨水越下越久，洞內的水流聲越來越大，漸漸水流過眾人的腳邊，像是一條小小的水溝。

潘德諾觀望著，「若是再下起更大的雨，我們恐怕得躲入，不遠處那座丘陵裡。」

雨由嘩啦啦慢慢下成了滴滴答答作響，雨停之後，颳過幾次強風。

潘德諾領著眾人步出岩洞外，洞穴內的蝙蝠發出聲響。

潘德諾轉身向蝙蝠致歉。

「走吧。」潘德諾說。

「這裡是哪裡？」潘克羅問。

「得先確定這裡適不適合人居住。」潘德諾說。

少年們帶著少女踩著濕漉漉的泥地，他們打算先前往丘陵區察看。

「得小心野獸。」潘德諾叮囑著他們。

「如果丘陵那邊能歇腳，太陽下山前，我們就在那處丘陵集合，我會生火，讓你們看到煙。」其中一名少年說。

潘德諾點頭，「我和潘克羅則去後面的山林查看。」

兩邊人馬分道揚鑣，潘克羅緊跟著潘德諾。潘德諾順手拿出隨身小刀，他削起一旁乾枯倒塌的竹子，好變成順手的工具。

「小心，這座山林不知道有什麼野獸。」潘德諾說。

「我們要尋找什麼？」潘克羅問。

「這座島嶼是否適合人類居住。」潘德諾答。

「為什麼要讓他們居住在這裡？」

「他們應該原先就沒有設定想居住的島嶼，只是碰巧上岸了，他們三個人或許就是傳說中的祖先。」

「這裡難道就是傳說裡的中途島？」

潘克羅搖搖頭，「等他們安頓下來，我們或許可以詢問他們從何而來。」

「那我們就可以循線而去，直到奢納賽。」

潘德諾點點頭。

潘克羅瞭解目的，他仔細觀察森林裡的植物，裡頭有些毒蛇，有些有毒植物，不乏是能做藥草的植物，順著山勢，接近海邊的樹木有大葉山欖、棕櫚樹之類的，越往山林中有楠樹，樹幹上布滿藤類，有的藤類開著粉白色花朵，像是雨滴還垂掛在樹上。

幾隻穿山甲跑過，沒看見鹿之類的蹄印，也沒發現熊類的爪痕在樹幹上，只是眼前這座森林說什麼都太過於寂靜，潘德諾心中有些不安。

「我們下去丘陵。」

潘克羅也覺得不大對勁，鳥類不在森林裡唱歌，恐怕有兇猛的野獸埋伏其中。

沒等到少年們和少女燃起信號的煙，潘克羅和潘德諾已走回丘陵。

丘陵區間有一條大溪流，溪流的源頭應來自後方山林區。

溪水嗚咽著，有溪魚穿梭在溪床下方的石塊，也有小螃蟹爬動。鳥類多半歇憩在樹上，牠們看起來在休息，僅偶爾啼叫幾聲。潘德諾感覺到安全的信息，轉頭就對潘克羅說：「我們今天就在這裡問問他們關於故鄉的故事。」

少女和少年們探勘完丘陵區，才走回早上與潘德諾約定的地點。潘德諾早已生起火堆，潘克羅也抓了足夠的溪魚溪蟹，他們把晚飯都準備好，等待著少年們歸來。

少年們謝過潘克羅他們。

少女則遵循著禮儀，她拿取最大的溪魚和溪蟹供奉給這座島嶼的神靈，她向島上的神靈問好，並且祈求眾人的平安。

黃昏燃起強風外圍的紫紅色雲霞，眾人圍著篝火，坐在乾燥沒有野獸的山洞外，一群人顯出放鬆後的疲累，他們一行人不知已在海中漂流多久的時光。潘克羅望著被風吹起的火星瞬間燃起又消失，他懷念起烏帕，他想起塔魯，他喜歡阿珮清亮的嗓音，他有些悶悶不樂，他緩緩仰起頭，他望著少女，心中滿腹疑問，關於他們三個人漂流的故事。

「你們是從哪裡來的呢？」

少女望著火堆出神，少年們也意興闌珊，將頭靠在雙膝間。

一陣強風吹起，風吹到好遠的山林，似乎貫穿過這座島嶼。

「只剩下我們了。」少女緩緩說起，「原本有許多人逃出來的。突然湧起的大水淹沒了一切，那些水是巨石，重重砸毀我們的村莊，我們那時候從屋外卸下船，帶著糧食、種子和淡水就上了船，船被大水推得很高，我們幾乎是從山頂下，划出大水，拚了命努力划，好不容易才到海面上。」

「逃跑的過程中，有人成為新的太陽，有人成為新的月亮。」其中一名少年說。

「聽起來，你們經歷了很長一段痛苦的遭遇。」潘德諾感嘆說道。

「那你們呢？你們又是如何逃出來的？你們的村莊也遭遇大水嗎？」另一名少年問。

「全都消失了。」潘克羅想起艦隊上的人類，「我們有許多人逃出去，載著許多動物和植物，我們一直漂流，一直漂。」

「怎麼只剩下你們兩個？」少女問。

「我們迷路了。」潘克羅答完，又說起，「沒關係，總有一天會回去，一定會回去的。」

「那你們的村莊原來是位在哪裡呢？」潘德諾問。

少女仰首，她望著星空，「是在能清楚看見那顆星星的地方，在我們的村莊，那顆星星亮得就像月亮。」

「那是什麼星星？」潘德諾並不認識少女所指的那顆星星。

潘克羅也不清楚那顆星星，在他成長的日子裡，他已經離開銀河系十分遙遠。

「或許，在我的世界裡，那顆星星早就消失了。」潘德諾喃喃說著。

「是一顆白矮星囉。」潘克羅低聲說道。

「沒有太陽和月亮的時候，就看著那顆星星，一切便不會感到迷惘。」少女說。

潘克羅趕緊將此刻他所看到星星的位置，用他隨身的儀器記錄下，他同時也使用紙本記錄，接著他以儀器推算能清楚看見那顆星星最接近的觀測地點，套上原居星球的地圖，他馬上便鎖定幾個地域，他趕緊用紙筆記錄下他找到的地點。

又一陣強風吹起。

潘德諾望著無雲的星空，他心中有些擔憂。

「睡吧，明天我們也許還得返回海面上。」

潘克羅又添了些柴火，眾人一一步入山洞內休息，潘克羅又多坐了一會兒。

其中一名少年對他說：「你累了，就換我守夜。」

潘克羅望著柴火，不知不覺瞇起眼睛，直到他感覺大地在震動。

砰砰，砰。

潘克羅以為自己在做夢，他急忙起身，他慌張舉起火把，他什麼也沒看見，只發現濃霧滿布山洞外，就連篝火的火光也快要看不見。

他趕緊又多燃起幾根火把插在山洞外，所有的野獸都懼怕火光。

濃霧不知為何停滯在山洞外，濃霧外有風聲呼呼呼，濃霧卻沒有被風吹散。

砰砰砰，吵醒了山洞內休息的眾人。

潘德諾醒來，仔細觀察著砰砰聲的來源。

砰砰砰越來越接近，潘德諾趕緊奔出山洞，他將柴火燃起火把，都插在山洞外，一手還舉著火把，要潘克羅趕緊進山洞內，眾人手中都拿著火把，只看見濃霧漸漸越過洞外火把的上空，要往洞穴內飄。

潘德諾拿火把去燙濃霧，濃霧果真往後退，那些濃霧沒有濕氣，只有沉重的臭味，眾人看了也對飄進洞內的濃霧，拿火把燙著，濃霧只好退出洞穴外。

一次又一次，直到濃霧放棄了，濃霧彷彿是一個龐大模糊著身影的巨人，緩緩沿著溪床爬出丘陵。

潘克羅探頭往外看，那濃霧般龐大的影子繞過丘陵，便往山林深處爬去。

眾人被怪霧打擾後，也就不敢睡去，他們在洞口處挨著，等天亮。

潘德諾熄掉所有火種，他領著眾人又回到岸邊，沿途，都是被龐大物體壓斷的竹子和樹木。

潘德諾指揮眾人趕緊組裝船隻，「你們得去找一座沒有濃霧般怪物的陸地居住。」

「我們不一起出發？」少女問。

潘德諾想了想，只回答：「我們還有更重要的事情在等著我們。」

潘德諾把兩艘船推出海水，他快步跳上自己的船，轉身跟少年們和少女說再見，「要好好生活下去，不要吵架，將來也不要記著仇恨，一定要一起互相幫助，大家都是同一個祖先。」

潘克羅也大力揮起手，對著少年們和少女說著一次又一次的再見。

第二十七章 海盜

「他們或許就是祖先說過的三個兄妹，哥哥和妹妹吵架，一個去了山林，一個留在平原，很久以後，子孫見了面還繼續吵架。」潘德諾對潘克羅說。

潘克羅聽完，不禁拿出掃描器開啟照相功能，對著遠方的三人拍下身影，心裡喃喃說著：「保重。」

出了海，少年們和少女往北邊漂流。

潘克羅和潘德諾則依循著地圖，繞往南方島嶼。

沒過多久，遠處開始出現一艘大船的身影，粗估那船體空間大約能容納二十人左右，對方正使盡力氣划著槳，很快就會發現潘克羅他們的蹤跡。

潘德諾心驚，趕緊奮力轉向，他將船帆收下，便暫時隱蔽到島嶼間，只希望來者並不是懷有惡意之人。

只見那怪異龐大的木船登陸在不遠處的一座小島。細看那船身，通體呈現圓弧線條，工藝十分高超。上岸的三個人仔細把船固定在海邊，接著又下來三個人，準備搬運貨物。頃刻間，一陣吵雜聲傳出，島上林子邊竟跑出許多小孩，小孩們全都紛紛幫忙搬運貨物。

船上留守的人則像是在整理其他物品，等到卸完貨後，全體船員都下了船，他們使盡力氣把船拖上岸，放在安全不受風浪襲擊的位置。

「我們能划過去嗎？」潘克羅問。

潘德諾觀察附近形勢，「恐怕我們得把船藏在其中一座小島上，我們再游泳過去看看。」

「我不會游泳。」潘克羅囁嚅著話語後，他仰頭又低頭觀察起太陽的角度，「恐怕時間也對我們不利，我們將船藏在更近一點的小島，就是那座沙洲般的島嶼，我或許可以靠著那小島上殘餘的木板，划過去，一切得在太陽下山之前結束，我們必需要離開這片不確定的海域。」

潘德諾想了想，「的確，我們不能直接在海面上把濕漉漉的身體烤乾，那可是一不小心會要了我們的命。」

「但是不幸的是，我們只能利用正午時分，他們到時都會躲在屋內，那中午的陽光可是十分傷人。」潘克羅說。

潘德諾聳聳肩膀，「我們不過只是去看看那座島嶼，是否會有奢納賽的消息。」

計畫好了探查行動，潘德諾小心划動船隻，將小船藏在一座小嶼的樹叢間，那裡看起來除了海鳥之外，就只有漁夫會走動。現在這時刻是安全的，漁夫們理應還在歇息，傍晚時分才會出海。

潘德諾又隨手撿拾島上廢棄漁船的殘骸，轉頭交給潘克羅要他將船板當成是浮板，一起游往那座有大船的島嶼。

天空清澈，海水溫暖，上方有微涼的風漸漸吹向炎熱的陸地。

潘德諾小心爬上被太陽曬得熱辣辣的沙灘，他要潘克羅動作快，他們幾乎像是馬般，快速奔入沙灘旁的林子。潘克羅那不擅長踏砂石的的腳就在那瞬間被燙出水泡，他忍痛前進，才一踩進林子裡的樹根，沒多久便破皮滲血。潘德諾見狀，示意他待在林子裡，潘德諾則隻身鑽進林子，沒多久便捧著淡水，協助潘克羅將腳上的血水洗淨。

「我沒事，船上有藥。」潘克羅說。

潘德諾點點頭，「我去去就回。」

潘德諾消失在林子間，潘克羅急忙找尋林子裡是否有尖銳或粗壯的樹枝，他拾起一根合用的木棒，握在手裡防身。

林子裡的鳥原本偶爾吱吱喳喳，沒多久，潘克羅卻聽見有鳥群啪答啪答集體飛出林子的聲響。

潘克羅警戒起來，他暗自希冀是潘德諾。

聽聞腳步聲似乎相當急迫，潘克羅只好轉身，趕緊跑向離沙灘更近的林蔭下。

潘克羅躲藏好位置，定睛一看，從方才林子竄出的，竟是一個孩童。他又仔細觀察，發現孩童般身材的人影，卻留著茂密的長毛，那人懷裡揣著東西，正急忙跑向海邊。

幾個身材魁梧的人衝出林子，他們攔住了那孩童般身高的人影。

潘克羅認出那幾個高大的人，他們原本是大木船上的船員。

身材矮小的人影被提著走，他拚命掙扎。

幾個矮小的人也衝出林子，他們看起來像是在叫罵被拎著走的那個矮人。

等到人群都走遠，潘克羅發現自己原本躲藏的林子裡，有微微窸窣的聲音，他想了想就跑回那原本躲藏的林子，果真是潘德諾，他們兩人一碰面，便急忙衝入海水，潘德諾抓著潘克羅死命就往附近的沙洲游。

潘克羅腳底的傷口一碰到海水，真叫他疼得冷汗直流，幾乎昏厥過去。潘德諾只好揹起潘克羅繼續游，趕緊回到藏匿船隻的沙洲。

潘德諾將潘克羅放到船上後，他自己則死命把船推入海中，那嘩啦一聲響起，不知為何，附近小島上，彷彿有其他人的行蹤，潘德諾聽到了吵鬧聲，趕緊揚帆，他掌著舵，只求能盡速離開那座島嶼鄰近的海域。

潘克羅躺在船上，一點一滴任炎熱的日頭蒸騰著自己的身軀，他好不容易從疼痛中甦醒。那真是奇異的經驗，潘克羅從未感受到傷口的痛覺，在太空艦隊上，任何的受傷都能夠馬上被治癒。如今好不容易熬過疼痛的他，緩緩拖著身軀找尋起自己的行李，他翻來翻去，終於從衣服的口袋拿出急救藥品，旋即一口吞下。他又為自己換上一身乾爽的備用衣物，然後撐起身子，他還為潘德諾拿了一套乾淨的衣物蓋在潘德諾赤裸的上半身。

大量的海風瞬間便吹走潘克羅兩人身上的海水水漬，潘克羅還因此打了個噴嚏，潘克羅又趕緊服下一顆急救藥丸，他沉沉睡去。

等到潘克羅甦醒的時候，天邊正漾著紫色、灰色和白色的星空。

「你還好嗎？」潘德諾問。

「那些是什麼人？」潘克羅勉強睜開雙眼。

「他們看起來像是海盜。」潘德諾答。

「我看見矮人了。」

「他們似乎是島上的原居住者。」

「那個矮人偷走了什麼？」

「是一串串的鑰匙。島上有奴隸，矮人做飯給奴隸吃。」

「奴隸？」潘克羅一臉不解。

「是海盜抓來的奴隸，準備販賣到世界各地。」

潘克羅很是吃驚，「把人當做買賣？這世界看來沒有我想像的那麼好。」

潘德諾安撫著潘克羅的情緒，「會好的，烏帕的村子裡並沒有奴隸。」

「有被村子丟掉的人。」潘克羅忽然回憶起烏神星號上的資料，他說著：「生下怪物般的孩子，就會被遺棄，跟怪物有關聯的人也會被遺棄，那些孩子後來成為英雄，好不容易才又回到母親原來居住的村莊。」

「也許世界從很久以前便開始出現不對勁的地方。」潘德諾深感無奈。

「所以我們一定要找到奢納賽，才能知道洪水從哪裡來。」

「洪水或許就是把世界變得越來越糟的原因。」

「那些矮人看起來像是斯米拉望般。」

「那麼說來，那些海盜就像是變成人的野獸，是妖怪。」

潘克羅搖搖頭，「傳說故事裡，只有被懲罰的人類才會成為野獸，就像是童話所說的妖怪。」

「他們或許就是最原本的妖怪……」潘德諾望著遠方的海域。

船再度進入強勁海流的領域，潘德諾依據地圖，開始往北方航行。眼前卻出現廣闊的陸地，和看起來為數眾多的村莊，那看起來並不像傳說中的奢納賽，被大水沖毀的奢納賽，不應該在短時間就恢復生機盎然的地貌。

海流把船往南方帶，漸漸又回到遇見漂流三兄妹的那座島嶼，海流在此分岔，往北邊走，或是朝西方走。

潘德諾和潘克羅小心謹慎漂流在海域裡，選擇黑夜的時候，潛入鄰近島嶼的林子裡取淡水，他們也撿拾海灘掉落的椰子食用，就這樣乘著強勁的海流被推向一座龐大的島嶼，潘克羅他們摸黑補充完物資，再度乘著海流往南方，然後朝東航行。

「奢納賽不見了嗎？」潘克羅的意識有些模糊，他拉著船帆，有時候看到四周都被太陽照得閃閃發光。

潘德諾鎮日瞅著地圖瞧，他看著那些陷落的島嶼，他望著那一望無際往東邊的海圖……他終於恍然大悟，他們並沒有回到奢納賽還存在的時空。

潘德諾只好再度重新規劃航線。

棕色的海水圍繞著船隻，潘克羅本能閃過那些帶著泥巴的水層，他跟著潘德諾動作著，直到船隻再次行駛在清澈的海水面上。

「只要一直往東走。」潘德諾喃喃說著。

「奢納賽究竟在什麼地方？」潘克羅咬下在島上撿到水果，他好不容易恢復點精神，心中只記掛著奢納賽。

「很多條航線都通往奢納賽。」潘德諾答道，「我在其中一座島上聽見的，那些人說著很相似奢納賽的情景，他們說他們的父母也都是從奢納賽出發。」

「奢納賽果真逃出許多人。」潘克羅咬下一口醃漬的海魚。

潘德諾也咬起醃漬的海魚，他細細咀嚼著乾硬的魚肉，他望著地圖，那些陷落的島嶼，想起烏帕村子所遭遇到的時空問題，海水得再度沉降，他們才有機會遇見真正的奢納賽。

潘德諾看著地圖，他咬下最後一口醃漬海魚乾，他緊握著在某座島嶼上跟人交易到的，可能來自奢納賽的鐲子，「這就是聯繫，如果你所說的粒子理論能夠成立，那麼這就是奢納賽的粒子，我們一定要回到大洪水還沒發生的時空。」

第二十八章
手鐲的訊號

天空漸漸飄下雨滴，潘德諾無奈，他收起鐲子，他將船帆與船的龍骨打成垂直方向，加快航速，落腳在附近海域上的一座島嶼。

大雨和雷同時轟隆落下。

潘德諾和潘克羅趕緊將船推上岸，隨手拿著幾片樹葉遮掩船體，便迅速竄入附近的岩洞，那些都是很久以前的珊瑚礁經過陸地抬升，如今成為人類和動物的避難所。

潘德諾和潘克羅臨時找到的岩洞不大，最多僅能容納三個人，他們兩個人還得彎腰屈膝才能在岩洞裡稍微移動，更往裡頭走，洞穴彷彿成為岩縫，那縫隙就僅能讓很瘦小的孩子側身通過。潘克羅他們兩人就挨在洞口，只須注意避免被雨打濕身體，失溫可是航行最艱險的難題。

呼呼，呼。

潘克羅先聽見了洞穴深處傳出的怪異風聲。

潘德諾也感覺到，在那洞穴的近處，似乎有什麼東西正往他們的方向走來。

潘德諾當下判斷，絕對不能冒險，他觀察外面原本洶湧波濤般的雲，似乎漸漸平息下。他趕緊拽著潘克羅的手奔出洞穴，大雨卻又落下。潘德諾第一直覺下，就決定沿著海邊跑，儘管大雨把他們淋得很狼狽，他們跑了好一會兒，才遇到一塊暗黑色的巨岩，那是一座巨大的海蝕洞，他們就待在洞口躲雨。

潘克羅連忙拍掉身上的水滴，他邊拍拍自己，也拍拍潘德諾背後的水滴。

潘德諾回頭望著少年潘克羅，「你真像我的姪子。」

潘克羅一笑，「你也很像我的祖父。」

「你祖父是一個什麼樣的人呢？」潘德諾問。

「我祖父是一個很厲害的機械維修師傅，他什麼東西都能修，他同時也是一個木工師傅，他會的東西可多了。」潘克羅一提起祖父，眼裡閃動著無限光彩，「他還很會說故事，他最喜歡的故事，就是你寫在日記裡的那些傳說，祖父一則一則跟我說，還一個一個字教我認識你世界所通用的文字。」

「那麼厲害的人就是我姪子的孫子，我很高興，我的姪子長大後一定是個很棒的大人，他的兒子也一定是個很好的大人，他們把你的祖父教得真好。」潘德諾滿臉欣慰。

潘克羅靜靜看著潘德諾滿心歡喜的模樣，這是他第一次看見潘德諾在笑，他原本緊鎖的眉頭，驟然間都舒展開了，「你姪子是個什麼樣的人呢？」

「我姪子是個貼心的孩子，他老是跟在我後頭微笑，是他讓我感受到滿滿的愛，他還告訴我不要害怕。」潘德諾的笑意漸漸收起，他轉瞬間嘆了一口氣，「是我先拋棄他們的，我拋棄我的家人們，我選擇跟我養父一起離開祖先生活過的土地。」

潘德諾嚴肅凝望起潘克羅，「我早就習慣逃跑，我雖然想念家人們，但終究沒辦法一直在那裡陪著我的家人們，我得讓我的逃跑有價值。」

「所以，你選擇回到過去時空……」潘克羅歪著腦袋想，「你為什麼要找到奢納賽，你並不知道未來的世界會消失，人們會離開。」

「烏帕管理的陰界不見了，我只是想知道祖先去哪裡了，沒有了陰界，人離開人世間，又該去哪裡等待祖靈的指引。」潘德諾答。

奢納賽……。

潘克羅暗忖著：奢納賽如果是祖先最初誕生的地方，那裡應該會有把一切恢復正常的神奇力量。

潘克羅暗自叫自己不要怕，他仰頭凝望起避雨的海蝕洞，洞內一層一層被海水曾經侵蝕過的痕跡，像是樹根，整座巨大的海蝕洞彷彿就是一棵萬年古木所留下超級巨大的樹洞般。

潘德諾也仰首看，「這真是鬼斧神工般的天然洞穴。」

「以前也避難過許多人類和動物吧。」

「或許，我們的祖先也曾經踏入這座海蝕洞。」

「跟我們行在同樣的海面上，抓過同一種的海魚進食，划過相同的一座又一座島嶼。」

潘克羅說完，他大力擁抱起潘德諾，「你就是我的祖先，我們不要怕，一定會找到奢納賽，未來一定能夠改變。」

雨停之後，風聲呼呼吹過整座島嶼。

天邊的雨雲都被吹散，陽光的金絲漸漸透出一道道針狀的光束，刺穿白色的雲層，散去大部分水滴，還有薄透透一層層冰晶飄散在太陽四周的雲驟然閃出一圈小小的彩虹。

潘德諾看著彩虹出神，他緩緩步出洞穴。

潘克羅緊跟在後。

潘德諾將口袋裡的鐲子拿出，緩緩對著天邊圓形的彩虹。

潘克羅不知道為何，他心中有些不安，他趕緊握住潘德諾沒有拿鐲子的那隻手。

他們便一同看著鐲子遮住彩虹，直到彩虹的光暈散出在鐲子四周。

忽然，一道強烈且十分冰冷的風，狠狠颳過。

潘克羅和潘德諾直打起哆嗦，潘德諾放下鐲子，哈啾一聲，四周不知為何下起茫茫白雪。

「這裡怎麼了？」潘克羅眨巴著困惑的雙眼。

「是時空改變了。」潘德諾又望了一眼鐲子，「鐲子在祖先傳說中是禁錮的力量，也是治癒的力量。」

「我們回到了什麼樣的時空，得仔細看看。」潘克羅邊說，牙齒直冷得咯咯作響。

他們一回頭，海蝕洞消失了，遠處有幾隻小動物遲疑的看著他們二人。

潘德諾一瞧，「跟著那些動物。」

潘克羅趕緊跟著潘德諾往動物的方向跑去。

那些小動物一溜煙消失了，他們往林子裡走去，雪漸漸停止。

幾隻狗在林子裡發出悶悶的鼻音。

潘德諾聽見了，他開始唱歌，像烏帕那樣唱歌，儘管他根本不知道歌曲的含義。

幾隻狗停止警告的意味，卻仍在原處觀察他們二人。

潘德諾低聲要潘克羅跟好，動作放小，儘量安安靜靜通過林子。

出了林子，溪流嘩啦啦流過，溪水上頭有浮冰，溫度相當冷。

跨過幅度不寬的溪流，他們踏入濕漉漉的泥巴地，泥巴地上都有水塘，他們得小心避免掉入水池。

出了泥巴地，矮小的草地上，全開滿黃色和白色的花朵。

潘德諾對潘克羅細語，「這場景，我曾經見過。」

潘德諾繼續領著潘克羅往前走，他相信在天與地的盡處，那裡一定會有他要的答案。

他們漸漸踏入丘陵地，丘陵地顯得乾燥，有矮小的樹叢和較為高大的草叢，幾隻黃鼠狼從他們腳邊竄了過去。

他們因此停下腳步，暫時歇息在草叢間，讓微風慢慢把濕涼的衣物吹乾。

幾隻鳥輪流鳴叫起，他們急忙起身，分辨鳥叫聲的方向與吉凶。

不遠處窸窣窸窣的腳步聲傳來，他們警戒著，他們疲累得無法躲開。

撥開草木，一雙大大的眼睛直盯著他們，那是一名少女，身上裹著獸皮。

少女驚呼，村子裡立刻跑出許多少年，還有一個身上穿著繁複裝飾衣物的少女，她踏在草蓆上，她手裡捧著一碗東西，她用葉片沾起碗裡的東西，她灑向村口。

那是水，是淨水。

潘克羅認得那儀式，那穿得華麗衣物的少女仿若是烏帕。

少年們用木棍，領著潘德諾二人前進，直到村口，方停住腳步。

穿得一身華麗像公主般的少女，將淨水往村外的少年們撒，接著又向潘德諾和潘克羅撒去，少女口中唸唸有詞，持續著灑水的動作，還撒向土地，撒向天空。

結束儀式，踏在草蓆的少女往村裡走，一旁的兩位少女連忙把草蓆捲起。

用木棍引領著潘德諾二人的少年們，驅趕著潘德諾他們進村裡去。

村裡早生起篝火，公主般的少女就坐在正中間的主位上。

少年們全都裝扮成戰士般，少女們低聲吟唱起潘克羅聽不懂的曲子。

一開始出村外攔截外來者的少年們，將潘德諾兩人拉到定位，才離開他們二人身邊。

所有人開始呼口號，公主般的少女說話，其他人像是在回應她，眾人停止話語，公主說話，眾人再度回應，直到所有人都噤聲不語。

「你們是誰？」公主般的少女以烏帕村子的語言詢問潘德諾二人。

「我們在找奢納賽。」潘德諾回答。

眾人一聽到他的回答，原是面面相覷，他們紛紛趕緊交頭接耳後，他們試圖故作鎮定。

第二十九章　遠古時代

公主般的少女先是發出嗚嗚嗚的聲音，其他少年少女們也跟著發出嗚嗚嗚的聲響。

他們腳踩著大地，手邊的武器也敲響著大地，天空的雲霧漸開，鳥在樹枝上鳴叫，風歇息，往四周林子裡吹去，村莊瞬間變得相當安靜。

一點點風由遠處落在村口的那棵樹上，小鳥輕輕鳴叫幾聲，微風轉向迴繞在村子裡，速度和緩，風漸漸由四面八方，從底部將柴火燃得更旺，那股風頃刻間消失，有烏鴉嘎嘎飛過。

公主般的少女起身，她緩緩走到潘德諾和潘克羅身旁，「你們是朋友。」

潘德諾和潘克羅謹慎點點頭。

「那就住下來吧。」公主般的少女說。

潘克羅小聲問潘德諾，「我們得住在這裡？」

潘德諾笑了笑，「我習慣了，我在這些時空裡生活過，旅行過，或許這裡還不是終點。」

少年們領著潘德諾二人，進入一間小屋，少女們拿著合適的衣物要他們二人更換下有些潮濕的衣服。

「他們根本不知道我們是誰。」潘克羅邊換衣服邊跟潘德諾說起。

「這裡的人還沒有姓名。」潘德諾說著。

「對，一開始，大家都是沒有名字的，那是很久以後的世界，才開始有了姓名。」潘克羅這下，更加相信自己已經到達更為古老的時空，「那這裡就是耆納賽了吧。」

潘德諾聳聳肩膀，「我們要住下，才能知道。」

潘德諾和潘克羅換好衣物，他們揹著少女們精心編織的袋子，就像原本村子裡的少年們一樣。潘德諾原本滿臉的鬍鬚也已經得空刮得一乾二淨，站在公主般少女身旁的少年們，他們望著潘德諾竊竊私語了好一會兒。

「在這裡住下，吃些魚吧，等到傍晚，他們會帶你們登船，這村裡還需要一些魚。」公主指著身旁的兩名少年。

少年們對潘德諾和潘克羅點點頭，釋出善意。

潘德諾和潘克羅也連忙點頭致謝。

少年們先吃完精心煮完的魚肉大餐，少女們則還在製作能帶上船的食物。漸漸天黑了一半，另一半的天空大部分籠罩著蛋黃般的顏色，黃色之下有淡淡的金黃色，金黃色下有灰白色，灰白色間有紫紅色的霞光。

少年們分別負責工作，有個少年則忙著招呼潘德諾和潘克羅出發，眾人準備著漁具和點心，各自扛著自己所屬隊伍的船隻，準備下水捕魚。

看來這村莊，應該離海邊不遠。

潘德諾在心中暗自記下這塊土地的地形。

少年們還帶著狗，有的狗在岸上守著。

下水之後，有的狗跳進船，少年們依序跳入船，最後一個少年推著船，也趕緊搭上船隻。

眾人齊心合力發出划槳的叩叩聲，海水啪答啪答就在身邊，不時翻閱船舷，落入船身，下一個浪打來，將船推高，又重重落下，瞬間又升起，海水驟然便游出船身。

漸漸看不清楚海邊的樣貌，只剩下天空和陸地灰灰的一條界線。

船上的少年們紛紛安靜下來，他們停止划槳，他們任由海浪輕輕推著船。

船上有一個少年拿出亮亮的液體，看起來，像是某種野獸的油脂，少年將油脂往海面上洗，海面上皎潔的月光一照，便能在瞬間看清楚魚群是否聚集。

兩個少年跳下船，猶若一尾魚沒有激起太多的浪花，深深潛入海底，他們感覺著水流的方向，他們游往海流的位置，他們伸手一抓，各自撈起一尾大魚。

又是兩個少年跳下船，反覆著同樣的動作，他們也撈捕到魚隻。

直到船上的少年們都捕完魚之後，一個少年要潘克羅也跳下船。

潘克羅萬分恐懼，他直說道：「不，我不會游泳。」

少年們鼓勵他說著：「你得讓海認識你，你以後才能在海裡捕魚。」

潘克羅搖起頭。

潘德諾則對少年們說：「讓我來吧。」

他放下袋子，縱身一躍，他緩緩潛入海水，然後瞬間抬升身軀，他浮出水面，他仰著頭，望著好似燈塔般的月亮。

少年們拉起潘德諾，又望向潘克羅。

潘德諾轉身對潘克羅說：「閉氣，跳下船去，立刻浮出水面，不要害怕，身體放鬆，人自然就能浮在海面上。」

潘克羅十分害怕，他好不容易才適應喝液體的水，踩過溪水，享受雨水打濕身體的奇異感受，如今卻要被水團團包圍，那會是什麼樣的感覺，在艦隊上的人們，恐怕一輩子也無法體會這樣的經驗。

潘克羅決定一試，他捏起鼻子，他直直從船邊落入水中，他不慎打上船體，他激起巨大的水花，他昏厥，他並沒有浮出水面，潘德諾趕緊跳下船，他往潘克羅落水附近找，他看不見幽深的海域，他只能撈，拚命在黑暗中撈，直到他抓住一隻手臂，他趕緊把人拖出海面。

少年們也很慌張，他們急著把潘德諾看潘克羅拉上船。

潘德諾趕緊對潘克羅實施CPR，壓沒幾下橫膈膜，潘克羅把水都吐了出去，他猛然起身又咳了好幾下，他緩緩睜開雙眼，頭髮還滴著海水，他拚命撥起臉上的水漬，他感到刺痛，他覺得寒冷，他感覺胸脯被什麼給壓住了，所以只能拚命咳嗽。

少年們趕緊把船划回岸邊，天尚未破曉，幾個少年馱著扶著潘克羅直往村裡奔。

潘德諾也跟在後頭跑，岸邊的狗吠叫，村裡的一個少女端著一碗水，跟著村裡的少年們也急忙往岸邊跑去。

潘德諾回頭望，他心想：少女應該是急著要破除潘克羅可能帶給船隻的厄運。

少女卻不知為何，她停下腳步，對著回望的潘德諾，撒下一滴水。

潘德諾一驚，他趕緊跟著眾人將潘克羅運回村子。

潘克羅被帶回村子，公主般的少女現身，她從屋裡拿出許多藥草，命人燒起氣味濃郁的藥草，她以藥草薰著潘克羅的身體，潘克羅因此直打噴嚏，他那模模糊糊的意識漸漸就恢復清醒。

「我不會游泳，請救救我，請救救我。」潘克羅喃喃。

「沒事的，我們回到村裡了。」潘德諾安慰著潘克羅。

潘克羅茫茫然環顧村莊一圈，好不容易才定睛去看公主般的少女，「烏帕，烏帕……」公主般的少女面容嚴肅，她又命人將藥草放入水中，她唸起咒語，她吩咐一名少年帶來魚隻，少女將新鮮的漁獲當做供品，她將水灑在魚隻四周畫成一個圓圈，也圍著潘克羅又畫一個圈。

原本癱坐著的潘克羅，慢慢挺直腰桿，他被藥草的煙嗆得直咳，瞬間又吐出更多的水，潘克羅聞著那氣味難受，一陣噁心反胃，他又吐出更多鐵鏽色般的水。

潘克羅搖搖晃晃身軀，恍惚間站起。

公主般的少女立刻命一旁的少年攙住潘克羅，少女唸起咒語，少女對祖靈說話，少女好不容易完成儀式。

潘克羅大力喘了好幾口氣。

東方的雲霞由昏暗的藍色漸漸明亮。

村外的少年們也扛回船隻和漁獲，村子裡的人一如往常，開始新的一天。

跟在公主般少女身旁的兩名少年，再度對潘德諾投以不安的目光，他們竊竊私語，他們交頭接耳，他們試圖想對公主般的少女稟告他們心中的猜測。

潘德諾也感到那兩名少年的敵意，他陪著潘克羅回小屋子時，發現整座村莊的少年少女們不時對他投以奇怪的目光……他思忖著：莫非是因為潘克羅出了意外，讓他們認為是自己身上犯了什麼樣的禁忌，才會讓村子裡的人漸漸產生敵意。

不安的潘德諾還是只能先回屋子，照料起好不容易救回一命的潘克羅。

潘克羅休息好幾天，等到下次出海捕魚的日子到來，潘克羅仍舊沒辦法恢復精神，他吃完自己衣物口袋中的最後一顆急救藥物，他的心驚魂未定，他沒辦法忘記身體打上船體的痛楚，然後是陷入水底的掙扎，他因恐懼而吸入的海水是既鹹又苦。

「像刀子，像刀子……」潘克羅鎮日喃喃說著。

潘德諾只好去請求公主般的少女，再一次幫助潘克羅。

潘德諾在公主般的少女屋外等候，公主般少女身旁的兩名少年將潘德諾攔下。

「你是不是妖怪？」其中一名少年問。

潘德諾恭敬搖頭，「我們是朋友。」

「你長得跟屋子裡的少年很像，你們是很相像的人。」另一名少年說。

潘德諾搖搖頭，「那是因為我跟屋子裡的少年來自同一個祖先。」

「我們全都來自同一個祖先，但是我和他，我們並不相像。」少年又說。

「我不是你們村莊的人，我們只是路過，我們是朋友，屋子裡的少年需要你們的協助。」

潘德諾想著，會不會是他和潘克羅的樣貌相似，因此犯了這村子的禁忌。

「既然你不是我們村莊的人，那我們為什麼又要幫助你帶來的那個少年？」少年反問。

「因為他需要人家幫忙，只要是被認為彼此是朋友的人，你們都會盡力協助。」潘德諾說。

「我們會救他的，但是你得離開，你讓我們很困惑，或許是你把厄運帶給那個人的。」少年們說道。

潘德諾雖感到無奈，但為了救潘克羅，他也只好暫時先離開村子。

潘德諾邊走邊觀察地形，他急忙先爬上附近的高處平臺，朝村裡望，公主般的少女現身，她正進入潘克羅的屋子。

她一定會想辦法救治被海水嚇壞的潘克羅。潘德諾感到一陣安心。

第三十章 祖先的祕密

「夜裡的海水就像刀子……真空的宇宙……我會不見的……」潘克羅瞬間嚇醒，他流滿全身的汗水，浸濕了屋子裡鋪在臥榻上的獸皮。

「你不應該如此脆弱的。」

潘克羅定睛一看，發現說話的人，是公主般少女身旁的其中一名少年。少年身形高大，潘克羅暗自喚他為阿高。

「你究竟是怎麼回事？所有人都必須經過試煉。」阿高少年喃喃說著，「或許，我們該把你留在海裡，你拒絕了海認識你的機會。」

潘克羅趕緊坐直身子，他儘管頭痛欲裂，還是想打起精神，試圖反駁那位充滿敵意的阿高少年。

「巫女說你是朋友。」阿高少年又叨叨絮絮說起，「我不知道祖靈怎麼認定你是朋友……

你害怕海洋，你難道是從寒冷的地方來到這裡的嗎……我們這村子已經溫暖很久一段時間，原本花落的時候也下起雪的，最近連花落時節都不再感到寒冷……我是沒有覺得不下雪會有什麼問題，我從來就覺得雪只會讓我直打哆嗦，我喜歡溫暖的天氣……但這一切太古怪了，跟以前不一樣了。」

潘克羅聽著想著：不下雪了，難道這個村莊即將要遭受什麼樣的變故。

「你的村莊還下雪嗎？」阿高少年問。

潘克羅搖搖頭。

「那裡很溫暖？」阿高少年又問。

潘克羅點點頭，「那裡有許多青翠的草木。」

潘德諾的世界是如此吧，烏帕的世界也是如此。

潘克羅想著。

過去的世界應當是很美好的，所以永安才會把地圖交給潘德諾，沒有人會希望那個美麗的世界消失。

「完全沒有冰雪嗎？」阿高少年又問。

潘克羅搖搖頭。

阿高少年咧嘴一笑，「我就知道失去冰雪也不是什麼損失。」

阿高少年雀躍立起身軀，他彎腰準備走出屋外，「我得趕快去告訴巫女。」

沒多久，阿高少年和另一名少年伴著公主般少女進入潘克羅休息的屋子。

「問吧，他說他來自溫暖的村子。」阿高少年欣喜說道。

公主般少女凝視起潘克羅，她閉上雙眼，她嘗試透過感覺去認識潘克羅，「你來自很黑暗冰冷的地方。」

「你騙我！」阿高少年頓時大怒。

「你身旁的那位朋友，才是來自溫暖的地域。」公主般少女說。

「我被騙了，我不應該趕走那位朋友的，我應該先問清楚，或許在溫暖的地方，我們也能想辦法照顧那些原本也出生在這村子卻被迫離開的人。」阿高少年一臉懊惱。

公主般少女朝著潘克羅望了又望，「跟我說吧，你說知道的，關於溫暖的村子。」

潘克羅望著公主般少女，感到少女似乎也跟當時的烏帕一樣，她們內心滿佈著焦慮，只是壓抑著，她們努力想讓自己冷靜。

「那裡有溫暖的村子，也有冰冷的村子，終年下雪的村子則離溫暖的村子很遠，溫暖的村子裡也有分，會在寒冷冬天下雪的村子，跟終年炎熱的村子。」潘克羅說。

「終年？」公主般少女問。

「一整年。」潘克羅試著解釋，「花開花落就是一年。」

公主般少女點點頭，「那麼，什麼是炎熱？」

「有的村子熱到完全沒有水，雨水可能兩、三年才降下一次，雨水會滲入地底很深的洞穴，那裡的樹木擁有很長的樹根，才能吸吮地底深處的雨水。」潘克羅答。

公主般少女點點頭，「那樣的村子快樂嗎？」

潘克羅一愣，他想了又想，腦海裡全是鳥神星號裡的傳說故事。

應該也是很快樂的。

努力生活著，才會有那麼多的故事。

潘克羅思索後，他點點頭，「那些炎熱的村子、冰天雪地的村子、溫暖的村子和潮濕的村子，他們全都努力生活著，雖然遭遇問題，但依舊快樂充滿希望。」

「希望？」公主般少女問。

「對，每個人心中都期待著未來日子一定會是好的。」潘克羅答道。

「聽起來，似乎沒什麼問題。」阿高少年在一旁喃喃。

公主般少女的蹙眉，在聽完潘克羅的回答之後，才稍稍放鬆。

潘克羅不禁好奇，「請問你們的村子遭遇了什麼難題呢？」

「下雪的時間越來越少。」另一名身材魁梧，體型龐大，更加高壯的少年回答。

潘克羅看著那少年，頭方方大大的，模樣很像是烏帕世界裡的艾依，他暗自將那名少年喚做艾依少年。

「天氣很溫暖，我們能從海底抓到更多的魚。」阿高少年滿心歡喜，「這可能是好的轉變。」

公主般少女沒有回答，她望著潘克羅，「請你好好休息，海水是孕育一切生命的母親，請你不要害怕，只要打過招呼，海洋母親不會傷害你的。」

阿高少年對潘克羅扮起鬼臉，「那也得是好好打招呼，瞧你那晚，拚命掙扎，海洋母親肯定被你嚇壞了。」

一陣涼涼的霧，瞬間襲入村莊。

潘克羅待在屋內，都能瞧見外邊有薄薄的一層霧。

阿高少年見狀，連忙問潘克羅說：「你能起來走動嗎？」

潘克羅點點頭。

「那就出去吧，跟山林母親打個招呼，那麼以後你打獵的時候，就不用再感到害怕，只要你遵循山林母親所說過的話。」阿高少年說。

潘克羅緩緩起身，也就跟著公主般少女和少年們步出屋外。

公主般少女和兩名少年都向薄霧行禮。

潘克羅也趕緊照做。

「很好，山林母親認識你了，你可以加入我們一起狩獵。」阿高少年說。

潘德諾待在高處平臺的樹林看，直到望見一層薄霧飄過，他看見潘克羅健康走出屋外，他才終於放下心來。

潘德諾往平臺上的石頭靠著，他想著自己接下來該怎麼做。

這裡就是奢納賽？

是什麼時間點的奢納賽？

距離大水發生，還剩下多少時間？

潘德諾決定好好探查這村莊四周的環境。

披著少年給的獸皮，身上綁著乾糧和自己原來的行囊，潘德諾小心翼翼沿著溪流往高處走，越往高處，越覺得遠處飄來的風，讓空氣變得潮濕。

村莊附近依舊維持著乾燥，不遠處另一頭的冰雪持續將冰冷送進村子。

高山的森林卻十分茂密，潘德諾踩踏著越來越濕潤的泥土，感受到地底下，似乎有什麼樣的轉變，正在形成。

大水究竟是從哪裡來的？

潘德諾爬到高山頂，環顧著四周的地形地貌，他看見森林下乾燥的草原，草原和矮灌木樹叢裡有村莊，村莊外則有凍土，凍土連接著一座冰冷的雪山。

溪流的源頭呢？

潘德諾隱約看見森林有兩條溪流流往低處，雪山那邊似乎也有一條伏流，那條伏流斷斷續續，出現然後消失，消失又冒出頭來，漸漸就延伸到村莊後頭的小溪。

白日的高山無風，午後，漸漸有強勁風勢颳起。潘德諾只好下山，他下降到山腰位置，那裡有乾燥的山洞，洞穴內沒有任何動物，他因此在那裡生起柴火，打算暫時落腳在山洞裡。

潘克羅忙了一整天，他走到哪裡都沒看見潘德諾，他好不容易忙完阿高少年交代的工作，他走去問阿高少年說：「請問你有看見我的家人嗎？跟我一起來的那名男子。」

「我請他去他該去地方了。」阿高少年回答。

「你請他去哪裡？」

「他得待在山林裡。」

「那是他的工作嗎？」

「算是。」

「我能去找他嗎？」

「不行。」

「我得知道他是否安全。」

「我給了他足夠的衣物和糧食。」

「那是很困難的工作嗎？他何時回到村裡。」

「他不會回到村子，除非你們準備離開這裡。」

「你懲罰了他？」

「不，我沒有權力懲罰任何人。」

「那為何讓我的家人獨自深入山林。」

「那是規定。很久以前，身上有特殊記號的人被要求進入山林。」阿高少年回想著從小聽到的故事，「別擔心，神會幫助他們的，無論如何，神會帶著他們，也許有一天就回到天上了。」

潘克羅越聽，越覺得故事很是熟悉……。

在狹窄的山谷平原裡，在那些山腳下的村子，在原居星球的各洲，在陸地，在半島，在島國，曾經有許多古老又悲傷的習俗，雙胞胎的嬰兒只能選擇留下一個，或是身上有特殊情況甚至是讓人感到奇異的器官，那些人也會被迫住在遠方，遠離村子，還包括那些除了嘴巴以外，身體某部位多長出牙齒的人……村子裡的人們和那些得離開的人一一道別，那些遠去的人們因為天生或後天的特殊記號，不得不扶老攜幼帶著回憶、禦寒的衣物、生活工具和幾天的糧食，被迫前往山林。

第三十一章 大水來襲

潘德諾靠著少年給的禦寒衣物，靜靜等待森林裡寒冷夜晚來襲。

他不敢輕易入睡，篝火仍在洞外燃燒，他不時往外添柴火，縮著身子就坐在洞口邊。

沙沙。

潘德諾起初以為是自己聽錯了。

或許，只是小動物經過。

潘德諾望著篝火，想著三條溪流的流向。

沙沙，那聲音的速度太慢了。

不似動物發出的聲響。

潘德諾趕緊拿出防身工具，警戒在洞口。

他還不時搖起鈴鐺，雖然不知道這片土地有沒有熊，他想著任何動物聽見人類發出的聲音，應該都會繞道離去。

沙，沙。

聲音沒有離去的跡象。

潘德諾思忖著：那麼可能就不是動物，而是人類。

他這下可急了，若不是山下那座村子的人，該如何是好。

他找尋著可以交換的禮物，然後緊握在手中，那是山下村子給的醃魚乾，是一整條的醃魚乾，他高舉醃魚乾。

沙。

沙沙。

竄出樹林的人影有著一頭長髮。

潘德諾被突如其來的黑影，著實嚇了好大一跳。

「那可是相當罕見的禮物。」洞外的人影說。

潘德諾一聽，是山下村子的語言也就有些放鬆，他緩緩步出洞外，「你是誰？」

洞外的人影漸漸靠近火光，搖曳的黃光下，那是一名大約四十歲的婦人，全身披著獸皮，赤著腳，拄著拐杖，一跛一跛走近篝火邊，她伸手取暖著。

「妳很冷嗎？」潘德諾又問。

婦人搖搖頭，「我只是好奇誰在山洞裡。」

「妳也曾經是那座村子裡的人？」潘德諾問道。

婦人點點頭後，接著問：「你是哪裡來的？」

「我的朋友還在村子裡。」潘德諾說。

「你們是外地人。」

「我朋友生病了，村裡的人幫忙照顧他。」

「所以你才在這裡等你的朋友。」

「是，他是我最重要的家人。」

「走吧。」婦人拿起石頭砸向篝火，火星四散，柴火被移動，火苗各自在木柴上燃燒，婦人拿起泥土把餘火熄滅。

瞬間，飄出了一陣煙。

「沒有煙了，火熄了。」婦人邊說，邊把木頭都踢開，又拿起一把濕泥土，撒在原本還熱燙燙的土地上。

「去哪裡？」潘德諾問。

「去我們的村子。」婦人答。

位在林地裡的村子很隱蔽，四周高聳的松樹林，完全遮擋村子的痕跡，就連煙也難以見到。

婦人領著潘德諾進入村莊，村裡還有好幾個中年男子，幾名婦女則在屋外整裡著焦黑的小東西。

「那些是什麼？」潘德諾問。

「被天火打到後的豆子，味道極好。」婦人回答。

潘德諾因此更加好奇，他環顧村子一圈，發現屋外的簷廊曬著禾本植物，應該能自給自足。

「你在看什麼呢？」婦人問。

「你們一直生活在這裡，」潘德諾邊看邊說，「從離開山腳下的村子之後，一直生活在這裡。」

「慢慢的，這裡的環境變好了，我們全都熬了過來。」婦人說話的神情，滿是感謝，又帶著些許感嘆。

「這裡的環境有什麼變化？」潘德諾問。

「起初都是冰天雪地，村裡的人撿拾不多那些美味的水果和果實。」婦人指著山腳下的村子，「我們大部分得去狩獵，不知道是何時開始，大概是我預備離開村子的時候，天氣溫暖的時間拉長，那時，我們可以捕撈到較多的漁獲。」

「既然如此，你們為什麼還是無法留在山腳下的村子過日子？」

「以前的祖先就是這麼做，得遵循秩序，天神才不會發怒。」婦人低頭，沉思著過往，「大家都是那麼做的，我知道自己得離開，我並不想帶給村子厄運。」

婦人仰首望著星空，「後來都不一樣了，星星越來越白亮，本來是紅色的，就在那裡。」

婦人用手掌，狀似捧著星星般，指給潘德諾看，「那時候，山林變得比山腳下溫暖，我們在森林裡因此找到許多可以種植的植物。」

「你們不分享嗎？」潘德諾問。

「回到山下？」婦人搖搖頭，「山下的村子有巫女照顧著，他們出海捕魚，他們也在溪邊種植可以吃的植物。」

「不能回去？」

婦人搖搖頭，「從來就沒有人再回去過，那樣會給村裡招來厄運。」

「就在這裡繼續生活下去。」

婦人點點頭，「我們來到這座村莊的時候，以前住過的人們也早就不在了。我們那同時出發的幾個人收拾起老舊的村子，撿拾森林的果實，慢慢覺得土壤柔軟又濕潤，我們開始耕種，也避免了狩獵得面對野獸的危險。」

「看來天氣真的是越來越暖和了。」潘德諾直看著天空，他想起埃及的尼羅河氾濫故事，他直喃喃說著：「難道真是天氣影響。」

潘德諾每日都到高處平臺去探望潘克羅，夜裡就回到森林的村莊休息。

潘克羅好不容易覺得肺部不再疼痛，他幾經旁敲側擊，知道在森林裡有一座專門收容被迫離開者的村子。

潘克羅準備著自己的行李，就在某一天，天尚未破曉的時分，他走出村外，沿著樹林走上傳說中的村子。

潘德諾早早醒來，他感覺天空中的濕氣有些為異常於平日，這些日子以來，他觀察那三條溪流，直覺，很可能是山腳下村子後頭那目前還很微弱的溪流所惹的禍。那可是一條伏流，要是雪山內有任何變化，都會使溪水瞬間暴漲。

若只是溪水暴漲，那為何會引發海嘯？

潘德諾回憶烏帕屋子裡的記錄，海嘯似乎是大水的主因，許多人當時乘著船逃亡，但大多數都沒撐過海嘯。

地震？

什麼情況會引起地震？

板塊自然的推擠運動？

還是地面上重量的突然改變？

潘德諾想來想去，他每每看著那座雪山，心中總有股不祥的預感。

那日清晨，潘德諾一感到濕器異常，急忙就跑到高處平臺，溪水嗚咽著，白雪覆蓋的雪山看起來如同往常一般寂靜。

「但願是我想多了。」潘德諾喃喃。

樹林裡有沙沙聲響傳入。

潘德諾仔細一聽，是人類移動的聲音。

沙沙。

沙。

沙。

潘德諾等著。

撥開樹叢的人影浮現，潘德諾很是吃驚。

「太叔公祖，你還好嗎？」潘克羅滿臉又驚又喜。

潘德諾直點點頭，「你呢？你完全好了嗎？」

「已經好了，肺部不疼了，我完全可以自由活動。」潘克羅答。

「那就好，那就好。」潘德諾一臉欣喜。

嗯嗯嗯。

「什麼聲音？」

潘克羅和潘德諾同時聽見奇怪的聲響。

嗯嗯嗯嗯。

潘德諾連忙望向雪山。

喀喀喀。

潘德諾拽著潘克羅的手趕緊往森林裡的村子跑，「來不及了，那一刻終於要到來了。」

「快走，往高處走。」潘德諾邊跑邊大喊。

森林村子裡的人急忙跑出屋外，他們紛紛問道：「發生了什麼事情？」

「是山崩，是大水，快逃到這座島最高的位置。」潘德諾大喊。

森林裡的村人連忙開始往高山山頂奔去。

「那山腳下的人呢？」潘克羅問。

「我們回去，他們有船，他們只要在地震發生之前，划到安全位置，就能夠全部得救。」潘德諾說。

潘德諾和潘克羅急忙往山下跑，他們邊跑邊喊：「快去海邊，扛著船到海邊，這裡要沉了，全部都會被水淹沒。」

山腳下的村子早有騷動，先是阿高少年發現潘克羅不見了。

公主般的少女一早也聽到了祖先的指示，她早命人將糧食、種子、生活工具和小動物等等都放入村裡的每艘船，她還指示這次少女們也要跟著出海。

「發生什麼事了呢？」艾依少年問。

「你走吧。」公主般的少女問。

「我們要走去哪裡？」阿高少年先問道。

「離開這裡。」公主般的少女說著，「讓年輕的少年少女們離開，船載不了我們全村的人，其餘無法搭船的人，就跟我到森林盡頭的山頂去避難。」

「你們兩個走吧，你們知道許多知識，你們跟著船走吧。」公主般的少女對著隨侍在身旁的那兩名少年說。

艾依少年直搖頭，「不，我們得留在巫女的身邊，妳是我們力量的來源。」

公主般的少女望著艾依少年，終於鬆口，「好吧，你留下。」

「但是你必須走。」公主般的少女指著阿高少年，要他帶著少年少女們趕緊前往海邊。

潘克羅和潘德諾衝下村裡，發現村子已經想方設法在避難。

他們趕緊加入協助船隻離開的行列，他們跟著眾人跑到海邊，潘德諾認出他和潘克羅曾經在另外一個時空曾見過的海蝕洞，他還記得那附近有過一艘奇怪的船隻，那是用不容易腐壞的木材所製造的船隻。

潘德諾趕緊憑著記憶去找，真發現那艘船還倒放在附近。

「扛起這艘船，能再多救幾個人。」潘德諾對潘克羅說。

眾人慌慌張張到了海邊，不管三七二十一就划動船隻。

「船上人數太多了，請注意不要掉入海裡。我們還得划到比這座島直徑還要長的位置以外，才有機會安全。」潘德諾大喊。

眾人全擠在前面四艘船裡，後邊的三艘船人數較少，潘德諾慌亂確認著眾人是否都上船了，才趕緊將找到的舊船推下海水，他跟潘克羅跳上船去，便開始奮力往海的盡處划去。

第三十二章　返航

在海嘯出現之前，海面上襲來一股寒冷的氣息，霧氣也成為藍色的，眾人瞬間凍住在海面上，沒多久，毫無掙扎的船一艘一艘翻覆在海水間。

潘德諾坐在一座島的高處，他手裡緊握著古老的手鐲，顫抖著寫下他和潘克羅曾見到的景象。

潘克羅好不容易回過神來，他全身蓋滿乾燥的草。微風吹拂過他那半濕半乾的髮梢，潘克羅翻動起那些乾燥的草，全身不再覺得沉重難受。

「這裡是哪裡？」

潘德諾寫著不久之前的景象，他還記得他抱住潘克羅，握緊手鐲，在海嘯衝擊之前，閉上眼睛想著更為古老的奢納賽。

「這裡一個人都沒有，什麼都沒有。」潘克羅緩緩伸手，感覺吹過身旁的風，「但是這裡好溫暖。」

「應該是很久以前的奢納賽，這地方連雪山都沒有。」

潘克羅緩緩起身，他位在高處平臺上，往四周望，「阿高和艾依他們尚未在那土地上建築出村子。」

「沒有人，鳥自然在森林裡的各處鳴叫著。」潘德諾張開耳朵聽得很仔細，「究竟是誰創造出後來的那些時空，這裡明明什麼都沒有。」

「剛才明明什麼都有的，那可是相當可怕的大水。」潘克羅一想起，便不寒而慄。

「幸好還是有其他人逃過一劫，那些人就是我們過去在家鄉平原所看見的祖先。」

「我們的祖先？」

潘德諾點點頭。

「他們就是那樣才離開奢納賽的？」潘克羅又問。

「恐怕如此。」

「是地震，我們都聽到了地鳴聲。」潘克羅止不住身體的記憶，頻頻打起哆嗦，「感覺整座島全都震動起來，在我們把船推入海水之前。」

「看來是地震引來大水。」

「氣候變化就是未來世界走向毀滅的原因？」潘克羅難掩失落，「我們什麼也沒有發現，陰界不在這裡，海嘯再次發生了，所有的故事是否又會重演一遍？」

「奢納賽的故事有許多版本，也有一說是因為捕魚，被海流沖走，輾轉經過許多島嶼，才在家鄉平原的海邊上岸。」潘德諾強打起精神說道。

「也是。祖先或許不只經歷過一次遷徙，他們很可能一座島搬過一座島，最後才遷徙到認為合適的陸地。」

「無論如何，這裡就是最古老的奢納賽。」潘德諾說完，用身旁的石頭，往下挖，「全都是石頭，溪流尚未帶來沖積土壤。」

潘克羅看看四周，他仍感到一股徒勞無功般的絕望，不免想起前一任烏神星號的傳說管理員所說的警告。

「我們究竟該怎麼辦？應該很久以後，這裡才會有人類誕生。又或者是許久之後，才有人類因意外漂流到這裡。」潘克羅說。

「一開始可能是漁夫。」

「也可能是原本就想遷徙的人群。」

「他們在這裡度過一段快樂的時光，直到殘酷的時刻到來。」潘德諾也不禁感嘆，他凝望起潘克羅，他欲言又止，「是否可以告訴我，未來是怎麼消失的？」

潘克羅一愣，他不禁想起最初對潘德諾日記的印象。浦島太郎最後跟著公主離開人世回到龍宮……眼下，他跟潘德諾何嘗又不是遠離生長的世界，回到一心所尋找的奢納賽。

「回不去了。」潘克羅喃喃說起：「原來這裡是這樣開始的……我祖父說，當時原居星球已經無法住人，環境變得很糟……那時候的人為了離開，所以建造許多太空船。」

「就跟古老大水傳說一樣，有人造了方舟，讓動物跟人類避難。」潘德諾說。

潘克羅點點頭，「只是那些船並不是用在航行於原居星球，那是遠遠離開原居星球的船。」

「你們找到了嗎？」潘德諾問。

潘克羅不禁又感傷起來，他想起那麼多年來的流浪歲月，他搖搖頭，「什麼也沒有……就像我們現在一樣，全被困住了。」

潘德諾也感到沮喪，「所以你透過時空隧道，回到這裡。」

潘克羅搖搖頭，又點點頭，「是意外，有人想打劫我的太空船，才會害我意外去到烏帕的村子，在那之後，我想找看看是否有讓我祖父他們不要離開原居星球的辦法。」

「現在呢？」潘德諾問。

潘克羅看看四周，「我一點辦法都沒有。」

潘德諾緩緩閉上雙眼，他曾看見烏帕村子的美好，那樣的美好又會在哪裡重新出發。

「想看看烏帕所做的努力。」潘德諾試圖激勵自己和潘克羅。

「她一直在收集傳說。」潘克羅回憶著。

「或許，她是在建立時間。」潘德諾恍然大悟說道。

原本感到失望的潘克羅頓時豁然開朗，他還想到，當時站在海邊的帕娜指責烏帕的情景……。

看來，烏帕一直試著控制時間的秩序。潘克羅想著。

「維繫次元間的力量消失了，次元才會消失。原來烏帕所說的傳說力量就是維持每個時空的力量，烏帕當時一定是想重建各個時空。」潘克羅說。

「烏帕是怎麼做的？」潘德諾問。

「烏帕跟鳥神星號一樣，都是唯一的傳說守護者，那是一股巨大的禁錮力量，將傳說與時間牢牢拴緊在某個地域。」潘克羅答。

「然而限制在一個地域並不能解決問題，那地域消失了，一切也就跟著消失，就如奢納賽消失了，原屬於奢納賽的傳說也會跟著消失。」

「的確如此，烏帕用的是一種禁忌，是一種限制，是傳說中最後微弱的古老保護力量。」

「我們還不能放棄，我們並沒有回到真正的家，回到家，才能知道家原本的傳說，那裡應該擁有最原始巨大的力量。」潘德諾說起。

潘克羅試圖冷靜回想，他想起跟祖父間的約定，「得回到古老能夠重新相遇的地方。」

「天梯，是天梯，我們得想辦法回到天梯。」潘德諾滿懷起信心。

「沒錯，天梯應該是通道，就像時空隧道般，有通道聯繫，空間便不會塌陷，彼此相連的引力就像樹葉與樹根，是運輸能量的所在。」潘克羅想明白了。

潘德諾一笑，「太好了，祖先的原鄉應該就是離天梯最近的地方。傳說提過，天神製造了仙人，仙人自己慢慢才繁衍出人類。」

「回家吧，祖先留下傳說，或許就是希望有一天能在最初的家，彼此相遇。」潘克羅直點頭。

潘德諾和潘克羅緊握住那蘊藏古老岩石與礦物，並帶有禁錮與治癒力量的手鐲，一心想著通往天神居住的天梯。

瞬間，他們飄在天空，驟然發現高處平臺已然離他們很遠，平臺上有著深色樹幹的樹木也漸漸模糊起身影，他們所駐足過的小島轉眼就變成白茫茫一團在腳下，就像是清晨的白霧。他們身軀四周也開始出現薄薄半透明且輕飄飄的霧，那些霧似乎不是真正的霧，仔細看，就像是植物葉片上剝除綠色的透明薄膜般，像膜一般的白霧。

潘克羅和潘德諾持續移動著，他們越飄越覺得身旁的白霧漸漸透出形狀來，那影像逐漸清晰，白霧裡好像有什麼在動，那些是灰色的霧，是影子，潘克羅他們越往天空飄去越能看清楚白霧裡的灰霧，是一個個人影。

一個少年探出頭來，潘克羅飄過去，少年馬上縮回身軀。

潘克羅覺得少年很熟悉，但一時間也想不起來。

他只能繼續望著下一個灰影，灰色的人影是一名少女，少女穿著華麗的裝飾，少女的面貌也不陌生，潘克羅卻怎麼也連結不到腦中的記憶。他飄著飄著，看見許多鯨豚的灰色影子，其中一隻鯨魚馱著一位少年朝很遠的地方游去。潘克羅還看見許多少女聚集的島嶼，那裡並沒有少年的身影。潘克羅看著看著，好不容易發現一個熟悉的身影，他試著叫喚那名少女，「帕娜，帕娜……」

少女沒有任何回應，她在灰霧裡，由少女緩緩成為一名老婦人。

潘德諾看見的是爭鬥畫面，從石器到藤編盾牌，草原上的野獸正在奔走，森林裡的鳥隻四散，他還看見他和潘克羅才剛剛離開的那座島，他又看見公主般少女管理的那座島，還有海盜的島嶼，然後是漁人的島嶼，以及曾經去過的那座可能充滿會讓人莫名奇妙消失的霧怪獸島嶼，慢慢又浮現出家鄉平原附近的那座海岸，還有一座又一座山林，接著是一棟又一棟屋子，是一艘又一艘船……。

潘克羅漸漸聽見聲音，白霧和灰影間有什麼咕咯咕咯的聲響，像是什麼正在動作著。潘克羅定睛看起那些白色薄膜像是時空的界線，每個時空界限聯結成六邊形的形狀，一個黏著一個，結構著各個時空就像蜂巢一般。界線裡有什麼在流動，那些白霧般的薄膜猶如通道，有什麼正在被運輸著，白霧裡的灰色一團一團，一直往上運送著。

潘克羅和潘德諾也像是在被白霧包圍的通道裡被往上運輸，他們不知道即將通往何方。潘克羅只能繼續看著那些白霧裡的灰色人影，忽然有一個人影轉身望著潘克羅，潘克羅嘗試伸手去觸碰，那人只是望著，潘克羅離那灰色人影越來越遠，灰色人影的眼睛帶著無奈。潘克羅想了又想，那影子不知不覺離他越來越遠，漸漸就消失在通道底部的人影——那人很像是塔魯。

「這些灰色人影都無法表達自己，他們好像是斯米拉望。」潘克羅大喊。

潘德諾一聽，又看看四周灰霧的模樣，他看見了一個熟悉的男孩，男孩凝視著他，很快就跟他錯身而過。

潘德諾試圖想用沒有與潘克羅一同握著手鐲的那另一隻手去揮過那男孩，那男孩漸漸就變成灰霧，消失在他腳下很遠很遠的地方。

「這就是斯米拉望的世界，儲存著痛苦記憶的斯米拉望世界。」潘德諾喃喃。

轟，像一團烏雲現身。

一個巨人驟然擋住了潘德諾和潘克羅，四周不再充滿白光，而是像夜空下的黑色帷幕，巨人的兩隻眼睛則像星星在發光。

「你們在這裡做什麼？」巨人大吼。

潘克羅聽見巨人吼叫後，黑暗裡竄出許多灰白色的光影，伴隨著窸窣窸窣的細碎聲音。

潘德諾緊握著手鐲，並且抓住潘克羅，「請問這裡是哪裡？」

「你們不知道這裡是哪裡？」巨人眨巴困惑的雙眼，他靠近潘德諾和潘克羅瞧了又瞧，「不要像狗一樣吠叫，那是在亂說話。」

「請你不要罵人。」潘德諾說。

「是你們先胡說的。」巨人的鼻子悶悶噴氣。

「我們的確不知道這裡是那裡。」潘克羅說。

巨人朝他定睛一看，「你都還沒有成為人，你是孩子，怪不得你什麼都不知道。」

「我還沒有成為人？」潘克羅一臉疑惑。

潘德諾低語，「他是在說，你還沒有結婚。」

「原來如此。」潘克羅低聲喃喃，然後仰頭跟巨人說起，「你就告訴我們吧，我們都還沒有成為人，什麼都不知道。」

巨人瞅了潘德諾一眼。

潘德諾直點頭。

巨人勉為其難說：「這裡可是神的世界，你們不可以進來。」

「那你為什麼在這裡呢？」潘克羅問。

巨人低頭對著自己周圍左顧右盼，他想了想，「咦，我為什麼會在這裡呢？」

潘克羅仔細一看，巨人的身體也灰灰的，他因此對著巨人大喊：「謝謝你。」

「為什麼謝謝我？」

「因為你曾犧牲自己，變成我家鄉平原上的山脈。」

巨人一聽，他忽然整個身體都輕飄飄起來。

「謝謝你。」

「為什麼謝謝我呢？」這下，換潘克羅感到疑惑。

巨人整個身軀都飄浮在黑夜中，他滿心歡喜回答：「因為你沒有咬餵養你的手，你還感謝我。」

巨人說完，快速往更高的雲層裡飛去。

潘克羅一頭霧水，「沒有咬餵養你的手？」

「巨人是說，你沒有忘恩負義。」潘德諾解釋。

潘克羅點點頭，他望著腳下那些灰灰白白一團又一團的霧，「原來只要感謝斯米拉望，他們就有機會到達神的世界。」

「你想做什麼呢？」潘德諾問。

忽然間，四周黑暗裡的灰白色光影都漸漸凝聚成實體，那是一團模模糊糊的人影，那影子十分矮小。

「可以幫幫我嗎？」影子問。

潘克羅納悶看著那人影好一會兒。

「你這個人怎麼這麼不流動的水。」影子說。

潘克羅眨巴困惑的眼神，「你好兇，而且一點禮貌都沒有。」

「你才像極了黃蜂。」影子反擊。

「我不是黃蜂。」潘克羅反駁。

「你必須做一點事，因為很久以前我就斷掉了。」影子指著下方，「沒有彩虹，我找不到路。」

「你是山裡面的精靈吧。」潘德諾說。

影子想了想，點點頭又搖搖頭。

「你是那個讓人迷路的精靈，還是逼人家聊天聊到死去的精靈，或者是那個將人掛在樹上的精靈？」潘克羅問。

影子想了想，他搖搖頭，又點點頭。

潘克羅轉頭望向潘德諾，小聲說道：「要怎麼感謝他呢？」

「嘿，我都聽到了。」影子說著，「因為我已經斷掉很久了，怎麼樣也算是同一塊土地上的祖先，請幫幫我吧。」

「我知道，我不會咬餵養我的手。」潘克羅說。

「我為剛才罵你是黃蜂，我感到抱歉。」影子回應。

「我不是黃蜂，我接受你的道歉。」潘克羅想了想，「我也跟你說對不起，我從來不知道你的模樣，也分不清楚哪些事是你做過的，哪些事是別人穿鑿附會而誤會你了。」

影子一聽，頃刻間便化做一個戴著三角型紅帽子的小精靈，身體輕飄飄就往更高的天空飛上去。

「謝謝，謝謝你。」精靈說完，越飄越遠。

潘克羅又看看潘德諾，「我們一起讓斯米拉望也回家，回到最初的地方。」

潘德諾想了想，「斯米拉望是失落已久的力量，只要凝聚所有力量，或許能使世界持續走向美好的開展。」

潘克羅和潘德諾緊握手鐲，他們閉上雙眼，試著讓身體往下穿越灰白霧團，他們對著那裡頭的灰色人影說起一句句：對不起，謝謝你……。

一次、兩次，在無數次以後，白色和灰色開始流動，速度越來越快，漸漸就成為彩虹般的光束，直直射向更高的天空。

潘克羅和潘德諾也跟著彩虹的光束走，他們想起他們一生所經歷的那些，他們過去在傳說所認識的人事物，他們想著原居星球漂亮的藍色、綠色和白色，他們想像自己出生的時候，潘德諾被祖母緊緊擁抱，潘克羅在祖父懷裡，祖父對著他笑，喃喃說著：「很高興，我們又見面了。」

彩虹持續散出光亮。

在家鄉平原裡的潘德諾，漸漸由一個嬰兒長大成人，他在整理農地的時候，意外發現一堆資料，那些資料全都是由樹皮布所記錄的傳說，他將資料謄寫過後，成為傳家之寶。

那個在原居星球誕生的潘克羅，則決心跟著祖父兩人一起探索傳家之寶裡的紀錄資料，他們駕駛著無動力帆船在太平洋上旅行。

「我們得試著跟我們的腳聯繫。」祖父說道。

「緊緊聯繫祖先航行過的島嶼。」小潘克羅面對眼前的旅途，顯得一切既熟悉又陌生。

「這就是生命的途徑。」祖父開心說道。

他們航行很長的一段時光，在平靜無波的無風帶，小潘克羅正熟練划著船，祖父感到很是意外，又覺得理所當然，他對小潘克羅說：「我們在此相遇，總有一天也會在某個世界相逢。」

小潘克羅則不假思索說道：「我知道，我好像去過，某個時空曾經彼此連結，等我要回去那裡的時候，我會以年老的身軀遇見先斷掉離開人世間的你，然後我們又會一起回到一個奇妙的地方，等到再次見面相遇。」

潘德諾和潘克羅快速穿梭在彩虹間，他們遇見許多時空下的自己，他們持續往上飄，他們看著他們在其他宇宙可能發生的人生故事，一幕又一幕……在相距一百四十億光年以外的星系，有一顆相似於原居星球的星體，正在誕生。

釀冒險64　PG2851

魔時少年

作　　者　跳舞鯨魚
責任編輯　楊岱晴、孟人玉
圖文排版　周妤靜
封面設計　吳咏潔

出版策劃　釀出版
製作發行　秀威資訊科技股份有限公司
114 台北市內湖區瑞光路76巷65號1樓
電話：+886-2-2796-3638　傳真：+886-2-2796-1377
服務信箱：service@showwe.com.tw
http://www.showwe.com.tw
郵政劃撥　19563868　戶名：秀威資訊科技股份有限公司
展售門市　國家書店【松江門市】
104 台北市中山區松江路209號1樓
電話：+886-2-2518-0207　傳真：+886-2-2518-0778
網路訂購　秀威網路書店：https://store.showwe.tw
國家網路書店：https://www.govbooks.com.tw
法律顧問　毛國樑　律師
總 經 銷　聯合發行股份有限公司
231新北市新店區寶橋路235巷6弄6號4F
電話：+886-2-2917-8022　傳真：+886-2-2915-6275

出版日期　2023年1月　BOD一版
定　　價　390元

讀者回函卡

Printed in Taiwan

國家圖書館出版品預行編目

魔時少年/跳舞鯨魚作. -- 一版. -- 臺北市：
釀出版, 2023.01
面；　公分
BOD版
ISBN 978-986-445-745-8(平裝)

863.57　　111018087